清末民初文獻叢刊

澗于日記

（第四册）

[清] 張佩綸 撰

朝華出版社
BLOSSOM PRESS

蘭駢館日記　壬辰一

壬辰正月元旦雪

一冬少雪元旦祥霙豐年之兆也

香山有四十五詩一律云行年四十五兩鬢半蒼蒼清瘦詩成癖粗豪酒放狂老來尤委命安處即為鄉或擬廬山下來春結草堂讀之心地豁然以香山之才年四十五方為江州司馬流落天涯況鄙人乎老來尤委命安處即為鄉真素位而行一帖良藥也

隨園詩話載王樓村先生詩學三山謂香山義山遺山晦若固

之彼遺[香]山為虞山余皆不以為是余亦有三山則義山半山眉山耳香
山與義山太不類遺山亦不足學由半山以溯昌黎由眉山以規李杜此學
詩之津梁通唐宋之界而上無晚唐淫靡之音下斷西江粗直之派
則亦詩之中流也
唐人小說載香山愛賞玉谿欲後世為之子玉溪生兒因名白老並義
山詩並無贈伊之作即長慶集中亦無贈李一篇玉谿詩多散佚長
慶集似無遺漏矣此等曲說皆因義山作香山墓銘曲為傅會耳
而馮孟亭注谿生詩亦引之刺刺不休亦徇其所見之乖謬也
白詩太多如能擇其雅正遒鍊者錄出一編學之亦自有味徐沈兩選

均太略且非真知古者

初二日雪

余最不喜桐城派盖李臨川錢宮詹之說先入為主也近日作古文者於鹿門所選八大家亦未涉獵案頭置姚姬傳古文辭類纂一部便高視闊步有睥睨一切意甚無謂也偶閱序說一門隸歸震川壽序數篇亦復入選龍圃酒若文實不佳如周弦齋壽序云先弟中河南行省參知政事子和不知明為何官此直遺會典較之稱知府為太守知縣為大令太覺草野戴素庵壽序乃泛泛應酬之作人為鄉愿文亦鄉愿此何足以為法婦人壽序更難出色顧文康夫人序前後追溯

文康無非庸腐及夫人生平則曰公之德厚而順其坤之所以承乾
乎夫人之德靜而久其恆之所以繼成乎尤懼寬廓可矣然猶云
應酬之作也其母吳氏事略其父尚在婦以夫為綱子以父為綱乃
通篇不及其父一字真是大謬王弇州以為韓歐隨定是晚年
荒亂之論而虞山奉為神明桐城尊為鼻祖殊不值通儒一哂
也桐城方勝於劉之真亂雜無緒耳並則姚選有刪及方劉
者當是空本惜康吳兩本均以多為貴而不知抉擇也士大夫欲作
古文必當自出手眼為周秦漢魏為韓為歐為三蘇為半山則不迂
亦宜博攷三唐兩宋闡求其理解而以本朝諸老人之經說史論參之

無從博在文之處名特姚選为秘本稗販偷竊以水濟水流於空滑無味之文也

初三日雪

袁爽秋代張樵野作合肥壽序用阮文達璧壽宗經說之體全用緯書組織樵野不敢書袁甚憤自以活字板刷送合肥並儀徵所用皆

欽定經說所以精切合肥亦嘗攷定緯書其說通於泛填且魏晉開勸進之文頗以讖緯並引似非臣下所宜用張不書送亦未可非也

伯之為言白也明白於德也春秋元命苞 王制疏
說郛

色公賢者也明不能與聖人分職常戰栗恐懼故舍於樹下而聽斷

焉勞身苦體然後乃與聖人齊是周南無美而召南有之 崔東壁 徵初學記御覽

紫宮之垣上將建威武次將正左右貴相理文緒 史記索隱 立三台以為三

公 公羊疏 左角理物以起右角將兵而動故日左角理右角將

此類似尚可引其他若燧人四佐黃帝七輔之屬不免陳因且凡將相均

可用襲秋以文未免太新轉腐矣

大氏壽序斷不可入集今以壽序託始震川家集中間有之實則

此非雅言也轉而如存公牘文字為之考證時事應璞信劉尚能

羅覽性情閑曠文正亦不以壽之序爲茲所作全不存稿今所存乃

摹臣門生所錄耳

初四日晴

曹薰臣來

坦齋通編宋邢凱撰其論荊公曰荊公素有德行劉元城稱之平生

不屈故自奇特程伊川重之及觀陳瓘尊堯集則安石自聖適

爲神考聖臣鄙薄君上如曰朕仰慕卿道德如曰以朕比文王

足爲天下後世所笑既無君臣之分他所足尚呂誨彈章云大姦

似忠大詐似信老泉作論云不近人情鮮不爲大姦慝之是時新法未

盛行新學未甚廣而切切言之又韓魏公見其答楊忱一書知其只
為一身優於翰林非宰相器可謂有先見之明矣余叢邢氏此
論亦近於苛荊公日錄出亦敢妄造神宗之語如所摘數言正見
神宗亦賢君若渴聖不自聖德量尚未至實當畀之分呂疏蘇
論以蔡爲邪正明道所謂吾黨激成者宋之紀綱屢弛改
數寬急之政本不足以自強荊公意在振作而更張無漸君子固
拘於舊習以入覲為捷逕於是攻擊不能遂成一牢不可破之局
荊公本意已失特急急圖任不得不執拗到底耳至答楊忱一書
具在集中正是泛泛之語何從窺其底蘊彼所欲文者乃後

文正學問非欲致其經濟荊公即天下才亦不能勒一而文之人物與之談經天緯地之事業也此與涇原閩語以為介甫歸魏公同一不根之謗不足為據要之神宗志在有為見老成所言大氐持重仍舊不免近於迂闊故樂用一素有名望之介甫意欲藉以富強於時上實虛懷荊公所言亦娓娓足以動聽其後在位日久漸漸驕滿則荊公之術亦遂不能牢籠固結是以終於去位由後而論諸賢爭而小人進由前而論亦正人與一荊公爭而小人進亦章章蕃紛紛之初不關荊公事特借荊公為嚆矢也

初五日陰

是日合肥七十賜壽賓客如雲余以郡軌不預戲筵獨坐一卷靜繹之至復樂山孝達各一書

陳後山談叢云李公麟曰吳畫學於張而過之蓋張守法度而吳有英氣也眉山公謂孫知微之畫工匠手耳余謂豈獨畫哉凡學皆然徒拘拘法度而無英氣以運之皆工匠手也然徒恃英氣而不以法度為範圍則亦不羈之馬終必僨轅矣以此推之為文為詩為書之道並可悟處事之道法度經也英氣權也法度公也英氣獨也法度遲也英氣神也法度方也英氣我也凡事無我則無矣

初六日晴

午刻合肥少子蕢吾以疫疾殤年十四眉經進珠隱惋惜晚范肖堂來

談蕢吾乃其弟子與論中殤喪服

初七日晴

蕢吾殯于鄧余往視之甚為慘惻盧粟甫來李子木亦至

晚至合肥齋中雜談良久

蔡絛作鐵圍山叢談尊紹聖而薄元祐絛為京子宋所不存曲筆

朱服雖依附鄧綰呂惠卿尚非死黨晚坐與東坡游貶官其子著

書立說何妨存兩祖之說甚或肆心元祐未始非渙羣之公辨照之

督乃於舒呂極力推崇而於二蘇時發不滿於坡顧何損毫末徒
著其父懷羊之證耳蔣湖千談真不幸而存者矣坡公以頭間生
瘍婦中畏則謂其不欲青衣以外物介胸中不知其在講筵亦以道服襯
於衣也以朝雲之死為食蛙羹哇之病數月竟死亦何損於坡亦何
損於朝雲耶 其云先公在元祐背馳與二蘇轍尤不相好知廬州以講
三經義為轍門人吳儔所論降知壽州服之初降以講經義由降以
与東坡游均是文字之累咸必引而入於呂黨之謀不解其何心只曰
無憾也實則大憾耳 至云元祐垂簾政由帷薄則直是喪心病狂矣
又以孟后之孟家蟬為禪蟬聲同伏處府之兆坡公之蘇公隄為隄依音

同為官賊亦高之兆望非小兒歡喜語乎

初八日晴

得高陽師書

黃朝英靖康緗素記黃文公詩云鏤管喜傳吟處筆白波催卷醉時盃讀此詩不曉白波事及觀資暇集云飲酒之卷白波蓋起于東漢既禽白波賊戮之如卷席然故酒席倣之以快人情氣也疑出于此余恐其不然蓋白者罰爵之名飲有不盡者則以此爵罰之故班固敘傳云諸侍中皆引滿舉白吳都賦云飛觴舉白注大白杯名又魏文侯與大夫飲酒令曰不釂者浮以大白于是公乘不仁舉

白浮居所謂卷白波者蓋卷酒上之白波耳言其飲酒之快也故當文
公以白波財鑄管諫有謂焉余擬卷白波當以貫休集為據
古人作詩斷句輒入他意最為警策如老杜云雞蟲得失無了時注
目寒江倚山閣是也黃魯直作水仙花詩亦用此云坐對真成被花
惱出門一笑大江橫至陳無己云李杜齊名吾豈敢晚風無樹不鳴
蟬則直不類矣余謂山谷學杜已粗至竭在大江横之字狀以江橫帶
水仙而大字横字則有粗獷氣非水仙直是水師矣陳更由黃
出所謂一鮮不如一鮮山谷程書云看帖勝摹帖如此類則直是
摹帖耳　前為步里客談

初九日大雪

復高陽書連日讀合肥閱談遣悶

國朝諸儒研求許書可云精博然段氏之擅改武斷究不可訓是以

鈕樹玉徐承慶糾正隨之姚之聲系嚴為桂漏不可解余頗思以朱駿

聲之說文通訓定聲改為聲系而盡汰其支離傅會之說較姚之聲

系轉詳其說錢氏溉亭嘗言之其與王無言書云僕少好說文解

字一書毀齔觀之遂能漸悟其旨嘗以為文字之作雖別為六書求

其要領要不越形聲而已建首之文形之本也亦聲之本也有形即有

聲至於聲形相切文字日繁而其條理要自雜而不越許氏分部主

形而不主聲一部之中衆聲雜奏形之疑似分别甚明而聲無統紀故其書有以聲為形如句劦諸部者則綫目亂其例矣夫文字惟宜以聲為主聲同則其性情旨趣殆無不同若夫形特加于其旁以識其為某事某物而已固不當以之為主也然僕豈好為是異説哉蓋亦嘗反諸制文之理矣文者所以飾聲也聲者所以達意也聲在文之先意在聲之先以童子時誦習者證之如政者正也仁者人也誼者宜也非孔子之言乎今年春取許氏之書離析合并重立部首系之以聲而采經傳訓詁及九流百氏之語以證焉凡三閲月草創甫竟數十年之後庶幾其有成矣惜其書二十卷未能刊行朱氏

定聲疑即本之與錢說略同特其於六十四卦中擇數卦名以為部
似乎標新立異實則不知妄作僉形其陋且許書以形繫書以
聲兩說本相濟為用不可偏廢朱乃創為轉注之說直以許之叚借當
之而別以經典假用之字為叚借真於六書之理茫無可謂治絲而棼者矣
如此類似皆可汰而去之與字彙正字通之惡劣相去幾何哉許敘曰建
類一首同意相受考老是也曾仁甫轉注古義攷曰唐人之誤惟在固
本轉之說與字者易知其非今就說文考考論之考字與老同義則論
轉注者目不能離乎聲意考字從丂得聲則論轉注者目不能
離乎聲故轉注近乎會意而與會意不同轉注近乎諧聲而與

諧聲不同也噫後人以轉注與會意諧聲混爲毫釐之差謬以千里而朱乃以許之所爲假借定爲轉注豈非指鹿爲馬以白爲黑者乎王菉友說文釋例云轉注者一義而數字假借者一字而數義實轉注假借兩門分風擘流之語也然王又引伸其說謂以綴說發猶以緐說故段氏之說即以轉注而兼明假借此則不然如夌或以陵代之爍或以樂代之此皆展轉傳寫之誤本非假借何關轉注且以綴說發以緐說亦即是考老之例亦與假借無涉也桂氏馥直云老訓考考訓老爾雅釋詁有多至四十字共一義者其轉注之法欲斯言也豈以正朱之謬矣

初十日晴

山谷跋東坡水陸贊曰或云東坡作戈多成病筆又腕著而筆臥故
左秀而右枯殊不知西施捧心而顰其病處乃自成妍東坡書諸
葛筆而山谷書吳無至筆云學書人喜用宣城諸葛筆著
臂就案倚筆成字故吳君筆亦少喜之者使學書人試提
筆去案數寸書當左右如意所欲肥瘠曲直皆無憾然則諸
葛筆敗矣以此兩跋互勘似山谷於東坡書微有不滿故其致于
張戢與書卷尾云凡學書欲先學用筆用筆之法欲雙鈎
回腕掌虛指實以無名指倚筆則有力其言如此似山谷之意

必提筆而非卧筆矣而陳後山談叢云蘇黃兩公皆善書皆不能懸腕逆少非好奪效其寬頸亦已謂懸手轉腕而蘇公論書以手抵案使腕不動為法此其異也按此則山谷用筆亦與坡公同不懸手何自匿其短耶余初學山谷用懸腕作腕甚共書終不工遂以設法肆之每以為憾閱後山談叢輒暗合諸翁矣

山谷於書兼取荆公姑溪居士集有山谷書摩詰詩跋魯直此字自云已他所作為勝蓋嘗自贊以為得王荆公筆法自是行筆既亦故自為成特之語至荆公飄逸縱橫略無凝滯脫去前人法律而此能傳世恐魯直未易到也端然似謂黃書遜於荆公益世知諸翁書

荊公書其罕見傳本矣

十八日晴

雪履齋筆記張俊有愛姬乃浙妓張穠頗涉書史楊舉之後俊發書屬以家事穠別引霍去病趙雲事以堅其心後以其書繳奏上親書獎諭張穠皆中興名將皆有奇女子又惜其微賤亦奇矣余謂此等書札定是子弟或幕客代為之宋南渡以後諸將悍驕以上閫臣悖政作不綱之一端不足奇也

咸淳石屋題名三年九月二十八日賈似道領客來東元嘉史有之廖瑩中黃公紹王庭來游子德生諸孫蕃世侍按賈之譜孫

曰蕃世而分宜子曰世蕃奸佞命名若合符節亦可怪也
向氏圖畫記翰林張擇端善畫城郭舟車人物其所作清明上河圖西湖爭標圖紹興中入內府並選入神品上河圖尤真贋紛如而爭標圖世不知之亦遂無其摹本矣

三朝北盟會編韓世清敗劉忠於蘄州得一婦人自稱柔福帝姬小名環環之業四朝聞見錄事太后歸言柔福已死還下之獄誅之謂時乃偽稱帝姬也安知非高宗忌柔福知其在金之隱欲殺之以滅口乎

十二日晴

仲韡來夜談

十三日晴

過晦若少坐

漢書極為謹嚴獨孝哀紀敘其外寵董賢又病痿猥褻參差余既斷為謗史矣因考南史宋後廢帝陳太妃傳稱始有寵一年衰歇以賜李道兒尋又迎還生廢帝先是人間言明帝不男故皆呼廢帝為李氏子順陳太妃傳明帝素肥晚年廢疾不能內御諸弟姬人有懷孕者輒取其母入宮及生男皆殺其母而与六宮所愛者養之順帝桂陽王休範子也以陳昭華為母按明帝凡十二男

不應皆出諸弟遺種以蓋蕭氏篡竊後訐齮之詞如惠帝諸美人
子絳侯幽逆會謀皆以為呂氏子桓溫廢海西公則誣以在藩夙有
痿疾嬖人相龍計好朱靈寶等參侍內寢而二美人田氏孟氏生三男
長欲封樹其後海西乃終日酣娛耽于內寵生子不育以保天年夫
有子者且可誣以痿何況無子似此構造謗言真未況在浮者矣
桓氏終於夷滅故史第明其偽若孝惠諸子及孝哀之不能為人
宋孝明之不能內御發於鍾案無復以為幽逆之會謀班固之肆
謗蕭齊之杜絕存訐者矣然寧為是子不敢質以為仔屬僞受
酗屠轉不收無子之為愈揮賢潛宋於宗高宗可信也

十四日晴

仲彭來談

韻府羣玉一書爲佩文韻府所本故四庫收之標題曰晚學陰時夫勁弦輯新吳陰中夫復春注提要云黃虞稷千頃堂書目云陰幼遇一作陰時遇字時夫奉新人數世同居登宋寶祐九經科入元不仕其兄中夫名幼達據此則時夫乃幼遇之字而中夫乃時夫之兄与世所傳不同當必有據余案此黃氏誤也此本前列大德丁未前進士竹埜倦翁八十四歲書于聚德樓一序次陰復春序曰延祐改元甲寅秋鄉試後五日幼達書次陰勁弦序曰敬遵先子凡例時遇謹白明安竹埜

當為宋寶祐九經科入元不仕而其子相子韓以書於楚叙曰見季子棐
几萬籤則書為弟韓可知時夫又名時遇而字勁弦中夫一字幼達一字
稜春如謂寶祐登科為時夫則宋寶祐凡六年以第六年戊午計之至大
德丁未已五十年其父八十四歲在寶祐則三十四歲時夫即早生十六七即登科
矣豈其書乃荒陋如此更至延祐改元為第七年時夫兄弟亦六十許矣
身為疇人乃技之為此重沓摘鑑之瑣事亦非人情蓋儀翁以三十餘登九
經科入元不仕而二子復應元科舉改棐几萬籤刪新標異為此一編
目於鄉試之期刊而行之藉以取名黃氏誤合父子為一故有此誤據
要所見乃延祐本非大德本亦小誤也

十五日晴

盧霖甫來辭回山東

余評義山詩增以刺鄭顥之說頗自覺其精當已詳於墨諸書眉

矣更有未盡者如又效江南曲云莫以采菱唱欲羨秦臺簫意尤分明

頭淺無題云東家老女嫁不售白日當天三月半溧陽公主年十四清明暖後

同牆看老女自喻公主以刺戚畹蝶詩云重傳秦臺粉輕塗漢殿金銀河吹

笙云不須浪作緱山意湘瑟秦簫自有情喻己以宗室流落令狐鄭以戚黨

翩翩無題之首一七律云身無綵鳳雙飛翼心有靈犀一點通一七絕云豈知一

夜秦樓客偷看吳王苑內花亦言己雖疏遠而一心事主　彼餘貴近而藉勢

于權秦樓雙鳳互相發明馮孟亭乃謂次首乃爲魏王茂元姬人太傷輕
薄何其目光如豆乎不獨此也錦瑟一首亦是自喻碑目唐安公主而作亦況
令狐與鄭顥以公主之勢排陷異己扶植私人而已在擯斥之列耳要之
宣宗一朝專任元和子孫固有成見而倚任令狐實因于鄭氏姻婭之故
寵愛鄭顥實因公主下降之故新舊書皆言之不詳其迹自不能掩
而讀史者略之甚至注義山之詩亦從略之於是無題各篇沈鬱頓挫
之恨千古莫喻強以解人則以為刺入道公主而作求之史既于情事不合
且公主之入道中間有放恣亦于國事何涉而煩義山為之揚搉播諸詠嘆乎中
葉乎惟其目擊權將威黨蔽日滔天為國為身情難自已故不覺反

復長言論於香草美人之旨而注家轉以盜臟誣及原人執此以成勢
且以齟齬爲屈子之有遺行矣不亦哀哉

十六日大風揚沙
是日胡館邀貴臣來陪仲璋余嗽疾未痊悶甚

十七日風稍止猶寒栗異常
雲楣來所刊管子地員攷證謬字甚多爲之復校更正以見輩
木楣學規撻之

十八日晴
韓芰舟孝廉來話

桂未谷晚學集稿有書魏志呂布傳後一篇布請於曹公曰明公將步
令布將騎則天下不足定也太祖有疑色劉備進曰明公不見布之事丁
建陽及董太師乎於是縊殺布後人謂先主恐曹公得布難制
故殺布以除其患先主之高智也竊以為不然夫人之反覆有如布
者乎布能甘心為禽虜伏首以聽曹公之驅策乎不能則閒隙生
閒隙生則布以不日去當此時使客說布其言易入則董卓之事
無難再見矣是先主活布適所以殺曹不時之圖而畏其得布
難制魏將勇如布者豈能盡殺乎敵兵謂先主計短也余按未
谷之言未揆時勢布敗於濮陽東奔先主結為兄弟先主之有恩於布

大笑及与袁術相持布即乘虛襲取下邳狼子野心呼豈能以恩結情感者操之權術百倍於卓使得布而使智能之士驅策用之豈以展布之長並其以制布之詐布焉肯反噬設轉為先主用是布得生益於曹而害於劉勸曹殺布乃自除切膚之灾非為曹計也先主由許復出仍據下邳使魏武既殺呂布或即留布守徐或與先主均整之遣許而邀擊袁術之後即以布与先主並時則先主亦不能并之下邳縱之後為曹所挫敗未能以徐為基而先主初念未嘗不望以徐魏武既殺布以授先主同還而以徐授車曹其陰謀過人即非先主言亦必殺布明矣何云先主計短耶

十九日晴

得吳蘭石書論壽文事復高陽一節索孝達所作合肥壽序

復之

災異之說推求過密往往舛誤而儒者不廢其說藉以警動人君蓋君

之分位至尊惟敬天足以動之王荊公創為天变不足畏人言不足恤之

說後世非之而史遷乃亦有此論如書志篇曰吉凶遞代如盈縮循環此乃

關諸天道不足繫諸人事何其悍然不顧也近西法流行動以天道與

人事全不相涉為詞余未敢以為是使文王箕子為愚人則可否則

易範之理何嘗不兼數學不能以兩慢天之念一生水旱災祲視為適

然之故未有不危亡者後之君子幸察余言

二十日晴

得都中書晦若采小堂

宣紀貶李朱崖制方處鈞衡曾無嫌避委國史於愛婿之手假宏寵秘文於弱子之身衛公婿不知何人詢之晦若亦不知武紀宰相監修國史李紳兵部郎中史館修撰判館事鄭亞進重修憲宗實錄四十卷頒賜有差亞乃李習之之婿與衛公無涉明閱唐語林云路隨幼孤其母問汝識汝父否曰不識曰正如汝面隨號絕久之終身不照鏡李衛公首慕其純篤焉結為親家以女適路氏則衛公之婿路隨之子也而路隨傳不載其子世系表亦遺之知唐事遺略多矣

劉〻復衛公辟為賓佐時杭州有蕭協律者悅善畫竹家酷貧白樂天
嘗敘曰悅〻竹舉世無倫願自秘重有終歲求其一竿一枝不得者又
遺〻歌曰餘杭邑客多羈貧其中甚者蕭與殷天寒身上猶
衣葛日高甑中未拂塵悅年老多病有一女未適他日病且亟謂
其女曰吾聞長史劉從事非有通家之舊復無舉薦之力願自
原溷眾為賢侯幕府必有足觀者今知未曾一面雖未識當以書
託汝〻往得其書數日未決會〻夜夢有黃衣使齎竟叢一束於其門
寘於衛公〻曰蕭叢蕭也吐園定矣〻以遂進成昏亦見語林 此極佳話〻以子鄭逆
為相事云者耦話不云卑曰蕭純來有如外玉葛如必有容色而知其贊釋
在…蕭故事具…選也

二十一日 晴

困學紀聞八行一不義殺一不辜而得天下皆不為也諸葛武侯謂漢賊不兩立其義正矣劉璋之取而謂正乎按此迂論也昭烈不取璋必為曹氏所取取璋反經合權安得謂之非正吾以為昭烈最失之計莫甚於不取荊州劉琮代表遣使降操先主屯樊不知曹公卒至之窘乃聞之遂將其眾去過襄陽諸葛公說先主攻琮荊州可有先主曰吾不忍也此所謂小不忍而亂大謀者夫琮已降操此取操之荊州非取表之荊州何不忍之有說者謂曹公師已迫境昭烈之意恐取荊州亦不能有故陽示不忍實則力有所不及當如是則諸葛為失言乎觀曹公恐昭烈據江

陵輕軍到襄陽聞先主已過精騎急追實有望外之喜昭烈與其以輜重徐行日止十餘里何如急攻襄陽扼守以拒曹操然後使關侯之師東會結吳拒曹赤壁之功未必不在襄陽取之於琮曹不能爭操亦不敢爭今以不圖藉吳力以敗曹於是暫借荊州遂生吳蜀爭荊之釁矣先主之舍襄陽而趨江陵曰以人為本耳當陽一敗人眾全為曹所獲人於何有即為人眾計亦宜順人心以據襄陽明甚然則何以慢諫若此曰畏曹也其時諸葛之謀未著而阿瞞之用兵如神乃昭烈夙所震驚者故不覺其智亂至此及自結孫權從武侯之策則舍此計無他之耳備豈英雄哉夫之琮由之璋何王氏獨以不正為疑耶

二十二日晴

巽之辭回都

二十三日晴

武億授堂文鈔史記荀卿列傳云翟或曰並孔子時或曰在其後索隱按別錄云墨子書有文子文子子夏之弟子問于墨子如此則墨子者在七十子後也案外傳楚語惠王以梁與魯陽文子注文子平王之孫司馬子期子魯陽公也惠王十年為魯哀公十六年孔子方卒又翟本書貴義篇子墨子南游于楚見楚獻惠王楚世家無此名是獻惠即惠王謬衍一獻字畢獻亦胡偁字者異文耳署

是則翟實當惠王時孔子未卒故太史公云並孔子時說非無據自班志專謂在孔子後二人益為推衍畢氏據本書稱中山諸國亡于燕代胡貉之國以中山之滅在趙惠文王四年當周赧王二十年則翟實六國時人至周末猶存宋鮑以翟既與楚惠王同時必不能歷一百九十餘年尚未即化此國不於中山諸國之亡蓋墨子之徒續記而竄入其師之說以貽此謬何可依也擬畢氏墨子最為陋簡得汪容甫兩序及此篇足以糾正其鉅失特容甫為人稍執措詞閒有過當處轉以崇墨子輕儒聞王樣桐有墨子注當求之如未的思詳校周秦諸子以論墨子之學訓詁特其末節耳

二十四日　晴

作伯潛書未封又得其十二月十二日書並復之晚復樂山書

竹垞詩近有翻刻本原刻二十三卷青宮再建五律一首後已刻去翻本則有之其詩曰曉𠷣驚由地奮異命自天申復覩重光日毋煩四老人堂懸銀牓舊筍出衫衣新愧遠青雲路難攜躡舞塵然原本即事之後青宮再建之前尚有某重過卌堂話舊二律刻本館本其名尚存其詩翻刻即直刪之似亦未見原刻矣孫注無此三首楊注有再過草堂二律而亦刪其名蓋雍正間禁人也然前一卷詠白杜鵑花應東宮教亦刪必竹垞後人畏禍刻改書之未盡耳當日黨禍

甚識識亦可略見一斑矣擬求宋刻本攷之 原刻已刪本僅存二律而刪其點竄亦不可解

龍眠山下白鷗沙謝傅園林迹已賒興發詩題千丈鐵人傳西殺滿川花白隨緣未前朝寺僧巾帽儒衣到處家才子趙庭儲

著作清明偕隱最堪誇 羅雀門閒地自多抽帆且議鴨闌東

當塗書種孫中散左海經傳鄭小同 兩過旗槍茶柵外月明時歇

枝慢亭中客將到處林都觴難道新詩不療窮

題日其泊舟請暢灘重過草堂話舊以二詩見投賦答而和過草

堂之詩頗答故何全集無之疑作詭之自刪之矣當臨若因閱定

為戴名世閱劉山集近有刊本當一核之 翻以一本有青演再建詩而無此首當翻刻本

因並刊行陀氏卷竟
集一劄再劄耳

二十五日晴

芰舟又至遞公呈請再同學行宜付史館

蘭駢館易一腴乃吳學士清卿所書文日日月半窗抄朮序清泉一覽
援芝園合肥詢朮序所出余日此皮襲美詩也記錦略放此二字案詳
云初不知朮序所出後讀道藏仙經有載紫微夫人撰朮序其略曰
吾察草木之勝負益於己者不及朮之多驗乎所以長生久視者遠
而更靈非謂諸物賊于朮也以朮之用今之所要求世多妖宜當服
餌之撰朮數方以傳好尚此服朮之法也列仙傳載涓子餌朮陳子

星餌朮南陽文氏食朮梁庾肩吾亦有謝陶貞白賚朮並啓襃美詩一篇好用朮如多張日朮鍾愛賀清朮缸倚杉閒把易燒朮靜論元日石靜敲蒼朮火清晨閒洗種花泥皮日休書千萬字經冬朮並兩兩缸皆烹朮也余按唐人多好用朮入詩姜續云籠蛇采采苓朮白手雙朮張九齡云去去勿重陳隸來蘇芝朮李白云庭寒老芝朮孟郊云假朮煮松柏與山房雲霞李洞云帶土移嵩朮和泉煮尹魚柳子厚更有種朮一篇類書均未采摭也陸士衡招隱詩亦云嘉卉獻時服靈朮進朝飡朮朮爲用禮復著爲平和散服食家尚尚任道日於階已乏佳朮矣

二十六日晴

余自安圉出都兩年不入帝城高陽霸州兩師累書命之謂不可卻非所願也巳初携之僕陸行未正飯楊村六十里日暮蔡村宿廿五里

中州集載王田詩人二人王寂拙軒集今已由大典輯出而盧待制元詩僅錄一首閑詠云天近蒼龍闕倉連白馬堂松聲得鄰禽山色出宮牆巷陋輪蹏少庭閒日月長九衢紅霧裏亦有白雲鄉格律頗老案傳元字子達父懋臣字仲林第進士仕宦亡遼日歸漢水先生私諡元世發劉師魯首爲蘇詩云我兒生長南

鑒湯綏厚冰木終成似佛髮不礙真僧莫認指為月須明火逑
燈拈花微笑慶正託老胡曾子達幼而敏慧年未二十試於長
安為策論魁擢第後又中策魁明昌初章廟設宏詞科命公
卿舉所知子達與郭徽周詢張復亨就試凡七日為中選遂入翰
苑累遷至待制二兄長庸弟曾名進士又俱擢高第時人以藍山
竇氏比之屏山杖人所傳云亦子安字甫謝翔字仲升伸升之大未登
科盧氏世有詩名累葉科第而州志遺之殊可惋也

二十七日晴

蔡邨曉發行三十三里至安平午飯黄沙嶺天勉進十八里至馬

頭左耳忽大痛徹夜不寐寒熱交作夜半耳中流膿血甚多並

耳輪外並不瘇也

二十八日晴

由馬頭折回宿楊村耳痛如前作書半悔諭允言使者高陽霸

州而歸

廿九日晴

午刻回署延洋醫診視耳尚濕濕也余肥疑余過肥體虛而洋

人力辯為能實姑妄聽之

憶朱竹垞有耳疾示王周二子詩曰我齒未六十恒苦兩耳充塞時巳三

年入秋颸內江始焉輪湿々既乃氣爐々林下駭關牛門前失吠犬
有如兩豆塞難使五葉改回之日靜坐物理究初終是非非睦闔襄
貶將安窮爲坦蕩月苦察々亦何功讒柘支白黑張道請汗隆屈子
天地貶小人地天通世事付一贖蓐我以太沖免帽裘乞雷兔鶩擷鷄屋
人斯我則逸美哉丁我影云々頭欲和其韵而桟字竹塊已々平脖且體
顾頭賠且侯々病瘥後也果耳為一隻或以為肝或以為腎松款耳
則必先流汗余病殆以將聲已漸放從耳庚完無儀於東方今時
難在態正以塞耳不聞為妙爲國論已倘以發如元了為議者知
免矣

二月初一日晴

余少日不好漁洋詩廿餘年來久不挂眼去年仲潛以余詩詞太直意太盡見規遍得帶經全集因復披覽一過終覺塗澤多而無所爲真神韻五古五絕太弱太采尤所不喜者竊以國截之見仲謬一二以詩乞日君子論定過觀音之編五古結句云鐃我郵閭之諸敵彼小海唱晉書隱逸傳夏統曰伍子胥諫吳王之言不納用見戮投海國人痛其忠烈爲作小海唱觀音之編本名關王之編賈漢復校名有宋荔裳以棧道平歌題之蘇此何能以子胥事相擬而借之吹東通藩事直謂之陳向可耳河間從山公乞滄酒之詩第二聯朔風初

過毛萇里西日難遲庾亮塵用毛公切河閒庾亮塵句借用塵字
究嫌滦韻贑州謁王文成祠萬古許孫同廟食一時張桂太傾危
桂嘗謂公事不師古言不稱師張與文成何涉若以大禮為言則文
成亦以為然者仰出附會並大禮與文成又何涉乎此則湊字而已
又有送袁士旦之玉田詩云水出彈箏峽春深種玉田案玉田無彈
箏峽徧考水經注及歷代地志以及畿輔安瀾志方輿紀要亦無彈
箏峽之水不知所本注家以為平山水記彈琴峽為誤則尤謬矣以
彈箏峽對種玉田終是牽強

初二日晴

越甚晏耳疾未瘉煩懣之至

初三日晴

得粵督電馬丕瑶內艱張聯桂護撫晏圉兼署藩司

高陽師尊交送書問疾命抄脊作一帖復之闓人喉痛擾之竟日

左耳似有聾意

初四日陰晨以和日旋霧

得允言書言杜夫人病又亟作數行復之甚繫也

初五日陰

載之月朔到滬作書復之

初六日晴

檢點積卷欲有所作終日心緒棼如不能數與覩檢卷欲赴洋

醫云當理胃中醫云有脾溼竟不知病在何經也

晚得都電遽外姑杜夫人已於今日寅刻去世得年六十四殊堪悲

惻作電復之

初七日晴夜雪

夜至晦若處閒話

初八日雪霽有風　雲楣辭行力疾彊起見之

初九日晴

寄都中書是日高陽二有書至耳汁漸止微有聾意

初十日晴

復高陽書手作兩帋甚累晦若來知其弟謀若以家事辭

樂山縣談次頗煩懣也

十一日風寒甚

十二日雪

十三日陰

十四日大雪風大甚寒

十五日大風甚寒

仲彭入都晚過晦若略話得樂山書買王氏書畫苑貸園叢
書徐氏喻林

十六日晴

陳仲勉叔毅自關來得伯潛書

十七日晴

答二陳不值瀏若由熱河來略語良久得潤師復書

十八日晴

午後仲勉來話

十九日雪

春寒甚厲醉睡而已耳疾若失得黃秦生書

二十日晴

過晦若澗若少談

二十一日晴

得高陽書連日頗閱晉史間有所得輙於劄記隨即忘之並亦讀書一適也

二十二日晴

仲韓赴禮闈延涇縣增生吳循甫元瑞代座

晉書王導傳桓彝初過江見朝廷微弱謂周顗曰我以中州多故來

此欲求全活而寡弱如此將何以濟憂懼不果往見導極談世事還謂顗曰向見管夷吾無復憂矣溫嶠傳于時江左草創綱維未舉嶠殊以為憂及見王導共談歡然曰江左自有管夷吾吾復何慮兩說皆因導為元帝委任朝野歸為仲父因而附會名流之說以為國家之重實則陶士行有言蘇武節當不如是導尚不足為子卿作奴僕況夷吾乎史不刪併而兩載之尤為複沓

二十三日晴

督兒輩課文沈丹曾自閩來示予戴自浙來

二十四日晴

得八弟書

二十五日晴

聞河冰已解此心翩然遂定入都之計鞠耦亦知余懷贊勸所見相同因

令借舟束裝

二十六日晴

得安姪書並寄安邑遊桂兩堤稼羅桂兩小堤亂計桂一堤專論利病皆

上中丞迴中初登舟承詩來談夜泊於倉行三十里

夜不成寐聞昧鴈偶成一律嘗盡江湖味翻忘塞外寒稻粱誠足念

旌臨怨無端我亦倦游者悲哉行路難長風思借翮何處水雲

寬展轉反側至四鼓始得睡津航中夜來

二十七日晴

微明雨津航衆順風挂帆早發辰正已過楊村矣巳初始抵傳午風逆

黃沙蔽天過蔡村後輪舟目迷不能行泊兩時許風略定始解維至

傳莊輪舟閣淺而止適得一測河𠼝艇留之詢知荒岸距河西務尚三

十里也傳莊一名王家務 是日行一百二十里

口占四絕 今年正閏苦春遲節到同分水不澌終是楫師能體物冰消

畢竟不多時 下水輕便上水難半程篙篙駛似危灘世情莫更嗟風神

慣倫卷狂沙助逆湍 數家臨水自成邨又得鮮魚網曬門閑客管

覺何事茅柴新釀坐開尊　夜半荒鷄啞啞啼閒踪今日宿河西

如何枕上聞嚴鼓猶激風雲夢寐疑

二十八日晴

旁風行一百里宿香河日方落即停舟余嫌其惰遂以夜發微明已至馬頭夜

適順風也

二十九日陰

順風酉正抵通州楊執舫來夜話

三月初一日晴

晨起由通州東行午刻到都屬緑滕盦諸從孫均來申刻至南營

高陽邀晚飯至二更始返

初二日晴

至龍泉寺弔息遵師母適潤師留午飯飯後略談即返許鶴巢來談廠肆書畫估皆至矣

初三日晴

還朱府賒午後至南宅並冀北張叔憲相來叔憲病後頗有老態高陽來答蓋留晚飯夜至鐵匠胡同二更回繹滕盒捨各家所送書目可取者寥寥也

初四日陰黃霧蔽日

澗師枉談于次棠在坐十年不見彼以伯辰廢籍次棠忠勁之氣不衰
而論人漸入和婉亦韜光養晦之故也午後仲彭來寓小談

初五日陰有風

睇許香如光棠鶴巢之子晚高㟁來余不能飲枯坐而已

初六日晴

過澗師次棠在坐談馬江事竟日始返康生來至夜分肇城已開姑

去仿彿庚辰辛巳在廣雅夜談光景已十年矣

初七日晴

至常宅弔秋堅葉太親邊羅氏之女郎中企棠之女已生子矣名毓焯小名

辛先張夫人留飲王雪舫館中略話即歸遂過廉生還鄉祠
買定李怡亭書遂為田津計曉廉生送一楊姓送書來楊頤
長於目錄之學名世頃買得周至永寶亂叢殘數種

初八日晴

約仲彭同過午前書笥相料理完因請書四麗之足豪也高陽
餞余因言歲餞款客多年師生須脫略形骸並出大滌不答答
種精品助酬後談興而高陽年邁易倦余亦病後頗頗倦縱話
至日莫長揖遂別過南宅略話夜詣潤師二鼓始回尚有送
書人在廟復得士禮居殘刻一二種德寶始知余入都買琴一

甚舊

初九日晴

辰刻九襄九變九發來送辰正發都門未初到潞河舟中覃空通州西門内忽覆手足微傷似戒閑人不宜時入都也酉刻仲彭亦至並延一琴師之舟以仙舫招之琴師別顧民舟緩行約明日淩晨言邁夜與仲彭小飲

初十日晴

無風行甚駛辜午正過香河午後逆風泊舟兩時許傍暮始發河西務迤夜泊蔡村

十一日晴 驟煖易棉袷

已刻下著九弟寄宋三賢集 柳河東 穆參軍 尹河南 余在都已得穆集

抄本見此可發一笑物罕見珍此之謂矣

十二日晴 有風

過晦若小談 仙舫入都以百五十金償書價斯去以漢碑帖數種寄

因人皆明翻倒跋還之 于久之子袁散之世承來贈宋斷碑殘一本

十三日晴 頗寒

以蒼毫十管寄高陽並復八九兩弟書 載四僕自波携書畫箱來

遣之赴滬 連日料理所購書籍與故甚佳 晚吳鄴甫范肯堂同來

載之自滬寄示嚴鐵橋全上古及先唐文目來閱之甚愜意也
王漁洋補謚文簡靈巖山人稿作文憲當有據汪琬補謚
清者行臣名臣傳作文簡此據弇山誤記
十四日陰
晦若來談
宋熊方後漢書補表十卷熊以文所刊經錢竹汀盧召弓校正更
補范書之闕其九卿外藩表百官雖非前書之例余頗以爲書本
表百官爲太簡此實文通盡善非可以爲失體也性好陳壽書書
以思爲之補表爲適同萬氏歷代史表當取之爲權輿而稍稍修訂

宗篤未知能耐煩否韓孝者能識于此洪齮孫有三國職官表

遼金正史綱目青浦楊陸榮采南著向無刊本潘志萬鴛盦手

鈔一本復為校正其誤共六冊三十卷抄以戊寅距今十五年矣未知近

人已為刊行否候訪之藏書家

十五日晴

過宥堂答吳摯甫過宥堂非以中復堂全集見贈報以古微堂

内外集及書古微晚檢韓石道君參集不覺月午

十六日晴

光言自里至大沽碩廷一處留七日以巳午間至津飯後來署看榮碩吉日

山東來

十七日晴夜雨旋大風

覆吉甫函山東九言午後亦近都下復伯潛書

余評義山詩既畢朱長孺駁馮孟亭矣都下又得程午橋本擬擇

其足助予說者錄之如潭州一首謂傷衛公之遠貶以潭河中謂嘆大

中討黨項之無人讀任彥昇碑以為為令狐子直作皆恰合情事乃

益歎孟亭之穿鑿附會謬戾文人為心勞日拙耳

十八日風

寄都中書並還書一篋 西河集不全

字滄光曰伯蒼潛光曰仲黯滄別字羲初潛別字礎初

俞長城字廟諱世其可儀堂文稿載海珠塵刊之有留侯論甚佳

其略曰高帝欲廢太子者以列國分爭强臣跋扈惠帝以仁柔處之懼

天下莫肯臣也於是廢立之議興儼然數不臣之士必不能服而子服之

帝於是爽然自失留侯之計所以慰帝而非以翼帝太子立趙王必不安

乃求强項不屈之周昌而傳之若曰太子有四皓趙王有周昌足以相制而

不知太子有四皓趙王非周昌所能全帝之似智而實愚也噫去今嫡

庶紛爭之事皆其君父自啓之高帝本無廢太子之意而以寵戚

姬其遂有以干廢立於是呂氏陰結留侯為自固計即留侯亦疑帝之

將廢惠帝也以為此直以亂漢而與為之謀蓋當日見聞但知呂直戚曲呂祿戚暱而不料呂氏之得權而殺高帝子孫殆盡也高帝雄猜好以詐取羣臣內莫以詐取妻子往以呂娘奪宗之逢為戚姬母子召禍而更使周昌以速之戚姬母子之死非呂后殺之實高帝自殺之耳並今英雄暮年荒亂往往嬖嬙唇閒顛倒錯亂釀成家禍者概相尋當猶漢高也哉

十九日晴

晚飯以青蛤下酒陶然醉矣夜閱庵林一卷無所得

二十日晴

文美送來文恭集四十卷乃浙江翻聚珍本叢聚珍初刻止四十卷其後復收大典所未輯者釐爲五十卷補遺一卷此本尚是四十卷者少文一百餘首以四金留之又得池北偶談一種余向不喜漁洋詩故此類全未收取此亦乃無意遇之作門十步收例稍寬

池北偶談宋柳開仲塗河東文集十五卷附行狀一卷門人張景所編其文多拗拙而守道極推崇之其過魏東郊詩上擬之皋夔伊呂下擬之遷固王通韓愈殊爲不倫東郊野夫傳開所自述而補亡先生傳皆載第二卷又穆修伯長集代州馮秋水方伯如京順治中刻之金陵文拗拙亦與開類詩尤不工唐末宋初風氣如此其視歐蘇真陳涉之啓漢高耳景字晦之通寓改姓名曰李田所至題曰我非東方朔

木子也不是牛耕土田也欲識我蹤迹一氣萬物母章作柳草亭破
題曰一氣萬物之母也見湘山野錄據此則穆集已有馮刻並四庫
所收乃鈔本粵刻三宋人集亦據丁雨生所藏抄本蓋馮刻已如星鳳
矣
二十一日晴
剃理卯目籍來雜談得戴之書
閱華仲游西臺集二十卷聚珍板仲游上蘇學士書稱其知畏
于口未畏于文深戒其以文字賈禍又上溫公書稱其欲展新法
而左右皆安石之徒懼其禍之猶在於紹聖事不啻蓍蔡先

如徒無益盛稱之其青苗議曰管子云農羣萃而州處少而習焉其心安焉不見異物而遷焉後世之治民者雖不能盡如管子之說至于耕田力作而禁之遊惰徭役之令稀使至于城郭則遁日之政尚或有之自散青苗農民憧憧往來于州縣余喜其此言能分別荊公之學術與管子之治理迥然不同役局議曰非無定法無定心役錢曰熙寧以來大姓兼中民中民兼下戶熙河蘭會議曰今已取而收棄之棄之利如彼其害如此守之利其以受害如彼非遙度之所能盡悉有馳至河隴圖上方略者然後可決指極明白簡當時才元祐竟不大用惜哉

二十二日晴

得都中書李怡亭寄來書兩種綴耕錄及頻羅菴集也

山舟題袁簡齋先生隨園雅集圖其第二首云小園庾信江陵宅妙

繪王維輞口圖我比陶公隸吏早五令移竹尚荒蕪自注先生有三十

七致仕章因書隸時三十六也因憶余早有隱居之意使秦時道中

患腹疾暑於一飯三遺矣適過介山翻然有志述之孝達以為戲

語余正色言之孝達力以為不可還朝以命旋有譯署之寄時

越事方棘不敢辭時年正三十六也嘗與同循遂為世網排擠論謫

辭榮有愧前賢遠矣蓋自恨知幾之不早耳

都中書價如一闤之市有極可咲者舊唐書列入正史既有殿本閣本後有岑氏懼盈齋本搜遺輯佚亦已大備論此書目當後來居上聞人本為之嚆矢殿功自不可沒然非如宋元舊本〻僅史乎叢殘來翻刻或有者假因而貴為祖本者可比也迨一貴宦忽覓聞人本甚急因之門下諸公亦均購求此書廠市甚少索價遂至百金余入都時有以樊榭家藏本來售每卷均塗抹如易知錄之標題價猶八千金旋為一貴宦門客取去余辛巳歲以百金得本全史中附馮刻三國及此本廉其以為此一書足以價矣因歎書之高下亦隨貴宦為轉重可歎也 梅若有此書勝一師去矣

二十三日晴

寄復戴之曝民函書李少軒同年來（名肇南由洗馬守鳳陽）恭邸寄草

錦吟九十兩卷（庚寅 辛卯）

袁正獻公絜齋集永樂大典所輯聚珍板刊行按晏謂屬樸樹架詩絕事遺之蓋未見斯集也詩一百七十七首真氣流道頗近自述如贊序告成有章冀其名曰勸功為詩訓迪有眾頗具深意其上陳會人云亦有濟時策無因通帝閽公居清切班日討龍韜溫嘉會十一遇論思毋憚煩送黃疇若尚書曰強敵未殄滅蔵旺臣惆悵縣薜以建大廈運斧無輪般送稽非熊云古人重世家非為

世其祿世祿非不於風流要相續尉職蒙魏氏六星川所学吾民

荀安枕徽宗有餘柴胡有蘊蓄而不流於有韻謹錄青白髭

詩云人生惡白髭鑷去恨不速欲留少年容藻飾欺盲俗一首尤

讀近體快活欲樂天矣梨齋有笙仲論可錄也

梨齋有蠟梅一首金相玉質竟同科蟾裏清香萬斛多絕俗風

瀟灑不似調羹功用竟如何題有所諷其詠後霄云便尋縱上雲

霄去究竟依憑味之多粃霜云霜隕葉枯紅粉落元來根也累

究斷非不刻意求新而失之直屬無回味矣

廿四日晴

寄八弟書鶴巢寄閑藴來
閱敬齋古今黈李治仁卿著真定欒城人金末登進士第辟知鈞州金
亡後家于元氏世祖屢加禮聘最後以學士召就職期月以老病辭
其出處不能皎然一致良可惜也其書四庫輯存八卷論經史子集
各有心得然亦無甚深微者其論詩云歐陽永叔作詩少小時頗類
李白中年全學退之至于暮年則甚似樂天矣夫李韓白之詩各自
因格律各有體而歐公詩乃具之任歲時甚少差不同耳至字亦
從而化之耳以韓公詩爲似樂天此殊頗合歐之性不似韓猶詩文皆學
韓而不逮也然文不似韓卻自成一家詩不似韓卻不能自成一家又豈世有

王半山蘇眉山兩公亦疵之不幸歟

敬齋於蘇甚用其錯誤處亦頗有指摘並亦無傷坡之全體且可為
若蘇者作箴砭其一條云徐凝為廬山瀑布詩云千古長如白練垂
一條界破青山色坡笑之謂之惡詩及坡自題云擘開蒼玉峽飛出
兩白龍爭謂東坡之擘開與徐凝之界破其惡一也此文殊適洞滿
雜記云余近讀坡集其游瀟山詩擘開翠峽走風雷裁破奔崖
作潭洞並則坡之詩睐風雨處擘開實殊不知擘開用巨靈事
豈得與徐凝同譏乎又云東坡雪詩欲浮大白追餘賞幸有回風
驚落屑或以為蘇眉亦體物語或者之言非也蓋用陶侃竹頭木

脊事耳所見無乃近滯行役擾擾家不可與論詩矣又云東坡書韓幹二馬云赤髯碧眼老鮮卑回策如縈獨善騎按晉書王湛乘其姪濟馬姿容既妙回策如縈善騎者無以過之此善騎之騎自合作去聲讀之書傳中言善騎射者多矣今押作平聲字誤倣論業說文騎跨馬也從馬奇聲渠羈切廣韻收入支韻者訓跨馬安得以押平韻為誤乎東坡每行役必攜此等來可輕識

二十五日晴

跌來條已半月案頭書籍縱橫今日始稍稍清理欲定課程未果也年來五十已有老境可歎

閱濟美集鈔本有何義門惠紅豆馬曰璐改琦收藏圖書又名經濟文集元李士瞻著捷要士瞻字彦聞先世新野人徙居荊門至正初中大都路進士拜翰林院學士承旨封楚國公以至正二十七年卒元史不為立傳惟順紀載樞密副使李士瞻上疏極言時政凡二十事大抵當時急務蓋亦讜直之士也是集其曾孫伸所編類於右司掾而迄於奉使閩中故元史所載時政疏不在其中並所載往來簡劄亦卒錄通貴居全集之半拳拳愛國之忱亦不在時政疏下元史於順帝時事最疏略存此一集深足為攷證之助正不徒重其文章矣此集曰濟美者後附其子繼本之作

提要稱繼本一山文集九卷此止寥寥八首二稱孫仲儀編定殘全集流傳甚少武四庫開時馬裕進其足本故此集不足者不以置論矣侯求得西山全集九卷再校之

中州文表姚牧菴集非足本劉昌云牧庵集五十卷同松江士人家有刻本南北奔走竟莫能致也刻僅十之二黃棃洲序天一閣書目亦云閱明震亨有牧菴集後求之不得永樂大典輯為三十六卷較年譜所載尙少十之二三殺文類所選已多十二五六矣獨恨全集松江士人藏之而秘不示人終于散佚藏書家之慳吝視嗇于財者尤為可恨耳牧庵集亦足補元史之闕侯收元人集後多當料理之

二十六日陰煖換御袷衣薄暮雨

閱簡齋集提要與義之生視元祐諸人稍晚故呂本中江西宗派圖中不列其名然建炎以後北宋詩人凋零殆盡惟與義爲文章宿老巋然獨存其詩雖源出豫章而天分絶高工于變化風格遒上思力沈摯能卓然自闢町畦瀛奎律髓以杜甫爲一祖以黃庭堅陳師道及與義爲三宗雖一家門戶之論然就江西詩派中言之則庭堅之後師道之前實高置一席無愧也揅經室外集呈進增廣箋注簡齋詩集三十卷無住詞一卷阮撰提要云簡齋集十六卷四庫全書已著錄此本胡穉箋

作三十卷，末詞一卷。蓋穉注時去雜文，每卷以釐為二卷。首有

樓鑰序、并穉自序及所編年譜及續添詩箋正誤。鑰序稱

穉約居士子日進不已，隨事標注，遂以成編，貫穿百家，出入釋

老云云。今觀所注，多鉤稽事實，能得作者本意，絕無摭拾類

書不究出典之弊，凡集中所與往還諸人亦一一考其始末，因讀

與義集者所不及也。案聚珍本第一卷雜文，第十六卷詞，胡箋之雜

文每卷釐為二卷，則詩二十八卷，其二卷乃續箋也。不知詩之首數為此

集有增益否。阮提要略之，疏矣。宋詩鈔編年，聚珍則分體，其七

古類中首字疊韻二首、義字疊韻次葛湖州後，不知所和為何人，阮

云集中往還諸人一一攷其姓氏，亦未指出姓節為何人，似指揭忞初未推勘也。簡齋當南渡時，仕至參知政事，不為不達，非下吏沉淪者比。乃閱宋傳中，趙鼎主用兵，王主議和，呂義主和議，成豈不賢於用兵萬一無成，則用兵必不免於君相之間，調停兩可，初無割切深透之論，斡旋卽引決，蓋其所蘊蓄亦顯可覩矣。文人論事全無實用，而徒於詩中作慷慨激越之音，縱為浮聲空響者乎。徽宗以墨梅詩賞之，高宗復以客子光陰詩卷裏，杏花消息雨聲中之語激賞，以至執政，又以見其用人之輕，以時而以詩拔人耶。至二劉，自論後村以為簡齋以老杜為師，遂涉不忘憂愛，須溪

以為叔滕黃陳比東坡云如論花高以則色不如香通真則香不
如色矣鈔此之先寓升壽通之見晦庵序述與義論詩之旨云學蘇
者指黃為雅附黃者指蘇為野必識蘇黃之所不為然後可以涉
老杜之涯涘蓋簡齋亦未能自行其言也

二十六日雨 復香棉衣上開有衣表者

以寄吳誼卿書以自元遂陸小湖助其婚費 月湖師相期甚切余
未能周恤其子愧悚之至識陸氏一范莊也作九弟一文寄去覽首端
以寄集也閱閩中榮題經庸熟史閱新舊唐及知廠市唐書所以
還價次第子之說 均論郝 次東三省水道 附考 備典 次叢書點皮毛

閱浮溪集摭要云藻工于儷語所作代言之文如隆祐太后手書建炎德音諸篇皆明白洞達曲當情事詔命所被無不悽憤激發天下傳誦以比陸贄雖楊萬里誠齋詩話記藻与李綱不叶及作綱罷相制詞至比之驩兜少正卯頗不免為清議所譏然其文章自能雄視一代固未可以一眚掩也佩綸案藻叔為黃潛善所惡其後以為言者所論以為蔡京王黼之客秦檜死始復職不解何故乃与思陵不咸致干清議今全錄其詞以為文人輕于下筆之戒

李綱落職鄂州居住制　固無闕上有虞必先于驩兜欺世盜

名孔子首誅于正卯肆朕纂承之始勵于敬慎之宜相靡有終
刑於無赦其官某空疎而不學凶愎而寡謀志輕天下而自謂無
人權震於廷而不知有上靡顧國家之大計但營市井之虛名
專殺尚威偽列聖好生之德信狂妄倭為一時羣小之宗比再
被于延登朕頗懷于虛似而果于修怨協以專擅庇已姻親至
擅刑夫誥命掊民財力曾罔恤于基圖念存覬覦之患於鮮
翊衛之任雖居遐外猶極優崇謂上曰以投閑散闔門而談
過乃指家積陰為賊通伊華錯之犯常于睦闔而實
駭宜鎮寵秩移冀其偏惭昔漢棄京房寘本縣于不道

唐誅元載忌蓋在于困恢往革之心毋忘爭戒
館臣案李心傳繫年要錄建炎元年八月殿中侍御史張浚
論綱擅易詔令竊庇姻親等十餘事上召禮部侍郎兼
直學士朱勝非草制罷綱為觀文殿大學士提舉杭州洞霄
宮時浚章本下所坐皆宰相黃潛善密傳旨言鄧肅疏
雖綱實無罪不知遣詞者何所據而言十月以後論綱罪來
且落綱職十一月浚又論綱素有剛愎無上之心及懷怏怏不平之
氣當寘之嶺海乃命鄂州居住中書舍人汪藻草制云云即此
簡也藻蓋憑張浚前後論章遣詞視朱勝非之自密

傳更以不同故也。驩兜、少正卯、京房、元載，同是為清議所譏。宋史列之文苑，而曰居時多事，譏今類古，重予讒諂之實，惜之也。佩綸案：浮溪又有秦檜制，曰定策而與劉氏素同周勃之賢矣，謨而洞羿於終類皋陶之聲，以繆醜為皋陶、周勃，則忠宣自是驩兜、正卯矣。雖曰官書代言，然亦見其胸無黑白，豈可以前在繆工自解乎。

二十八日雨止微陰

忠定入相時，腹聞有黃潛善、汪伯彥兩小人，即無張浚一劾，亦不能久於其位，而魏公之劾則專以殺宋齊愈一事，齊愈論謂民財不可盡括西北之馬不可得東南之馬又不可用至于兵數郡縣二千歲用千萬絡費將安出劉豫賊之不應過於范宗尹顏岐也豈齊愈獄起以一縑囊授後日齊愈不過遠貶當時章為我作之比李實勸進張邦昌草稿也時御史王賓來以實問有文書在後所遂發篋取之賓密論會使日雖析而證齊愈齊愈引伏法寺當齊愈謀叛罪該大赦罰銅十斤帝曰使邦昌之事成寘我何地乃命殺之據三朝北盟會編所引遺史則曰李擢與齊愈在圍城中首非純臣擢先發劉人具齊愈議立邦昌事繳駁之日新除諫議大夫宋齊愈昨三月初聞同王時雍等在皇城司聚議乞立

邦昌拜大金賜詔畢書立狀時銀時雍等恐懼不敢填寫
邦昌姓名而齊愈奮然執筆大書張邦昌三字仍自持其狀
以示四坐無不驚駭齊愈自言自從二月在告不出誕欺若此々
除諫議大夫士心以為當是陛下未知其人邪係而外廷未有人論列
更乞睿裁遂罷諫議大夫令御史臺置根勘其案當實勘得
衆議推舉狀草齊愈聞王時雍舉議以示驗于時雍云議即
是要舉張邦昌輒自用筆于紙上書寫張邦昌姓名是時雍
又編主在寺李會狀云因似此眾狀所以權印不殺亦寬恕大禍息殺
之實不為失刑而魏當以求為齊愈相習信其飾詞要其果從

翊留友之私忘憂國之急君父之仇而以劾忠定自任夫忠定進退
繫南宋興衰而狝相還顛實後一刀順之其能視富平符離尤
重矣忠定於偽命一事持之甚力得淡華隆祐制亦在圍城中者
其必有慈于忠定之攻於是者也不禁喜溢眉宇踊躍行詞段之
言今無予白耳
因既事後檢建炎以來繫年要錄閱之據日曆六月癸未齊愈
獄官根勘乃在李相上三議之前要錄乃援張栻私記并南軒以
誣善為辯證既雜由徽公又狀雜天下後世而不知形跡之不可掩
也呂中大事記云後之齊愈友請善宗並則按論忠定其為翊私

迎合而知四轄謂魏之如晉之劉琨之初亦為賈謐客而晚節以匡
復自任終亦無成若勍忠定一事則小人之尤耳琨所不為矣

二十九日晴

訪吳修甫處少談

宋勝非秀水閒居錄云李綱拜相再閱月御史張浚黃潛善所
引力攻綱至貶海南後出使陝蜀富平之役追還薄譴俾居福
州而綱自南還迴亦寓是州馬先是綱百計求以用富於財交結
中外不致及後至綱謂許青貨可以傾心結納後亦自至深悔昔
日之言相與歡甚後與四年冬金齊合兵犯淮泗朝廷震恐

宰相趙鼎者嘗失身於偽楚初無敢薦者而浚獨薦前言事官鼎繼之至是乘急交白浚浚以秉樞機白命下綱贓則百餘奩皆珍異之物又以論時事疏詆之浚至則居中日進綱疏上降詔獎諭明年敵退鼎左相浚右相並兼都督而起綱帥豫章許臣入覲又云綱靖康初以右丞充御營使謀劫敵營失利罷政遂興伏闕之變宮城大亂淵聖大懼於是賜予無度晝夜絡繹擁塞門巷行路不通有人約計物價不啻百餘萬緡二月上皇歸自江浙以綱為迎奉使上皇畏之及奄尤畏之日加重賜隨行珍玩盡以辭

御服庫帶賜之宸翰褒嘉其寶藏告閔者極寵至於
拜綱實撫使往援太原賜予金二萬兩他物稱是由是綱
之私藏遍於國中乃厚自奉養侍妾歌童衣服飲食
擬身之具極於美麗每饗客肴饌必至百品遂致府
傳常數世據張相自福被注賸用一百二十合合以朱漆鏤銀裝
飾樣製如一皆其宅庫所有也余嫌張李解除富貴自
忠定非輩魏公當日敗獲盛氣衝擢悔心嚴切放縱以闗乃
釋憾朱奉張邦昌之威似以任意誣蔑讓之可悲也
可笑矣忠定猶蒙此謗吾輩橫遭口語不足怪矣

三十日晴

濮子泉扶柩回杭泊舟三汊河韓家門口往吊之袁偉亭來午後

寄孫慕韓一函

洛陽耆英會

富彥國 弼 年七十九　文寬夫 彥博 年七十七　席君從 汝言 年七十七

王安之 尚恭 年七十六　趙南正 丙 年七十五　劉伯壽 几 年七十五

馮肅之 行己 年七十五　楚正叔 建中 年七十三　王不疑 慎言 年七十二

張昌言 問 年七十　張景元 燾 年七十

溫公未及七十用狄監盧尹故事亦預會元豐五年也時溫公年六十

四

東坡六一集序曰歐陽子論大道似韓愈論事似陸贄記事似司馬遷詩賦似李白推崇至矣實則歐陽之才學識不逮此四人遠甚

四月初一日晴

崔琴友同年自皖來合肥留之署中午後答之

南宋以淮西之變罷張魏公竝罪之當罰者秦檜主屈己求和之議衆論皆以為非而高宗百折不回者以還梓宮太后及河南地耳以還河南為檜功則金人敗盟復失河南豈得不以為檜罪而上意決不用魏公檜素待罪求去大奸叔刺牢籠之術殊不可測其後遂罷諸將兵柄殺並誣僇岳侯謂非與金通謀夫誰信之北盟會編載金人李大諒征蒙記曰兀朮諸軍錢若耳不患閑猶與蕭

平章計議大言撒宋約指韃門計議如敢違拒星電水陸越江月餘忽蕭平章躍騎走報與南使同來止淮為界班師回泗點集軍馬輜重騾馬依稀四分叔彈十中無六七惜哉軍勢至此而不能決若能決無一人一騎回也噫宋之君臣方以得秋為萬幸而金人議論乃如此可謂朝無人矣兀朮遺言如宋敗盟即用智臣為輔遣天水郡王桓如坐汴京若守舊主供須歲幣色色往來謁其財賦使重斂擾民必作叛亂十五年後南軍衰老縱用賢智亦無驅使噫目淮界中分之後禬一相十八年果中其南軍衰老之計使非完顏內亂以亮之梟雄長驅南牧豈采石一捷所能

久持夫戰固不易言主和者尚無以公孫祿殘世之說誤乃國是也

初二日晴

伯平自大名來夜過晦若一談湯伯述由都引見回得崔惠人同年

書

虞允文楊林之捷誠非赤壁淝水可比然亦時海陵果由采石渡江則李顯忠尚未至軍劉錡之疾已篤金人長驅而下席卷江東案算不往攻泰州其下無由篡弒逆即大定已立亮終不能撫有南邦而宋之為宋亦不能國矣然則虞公之功豈可沒哉蹇駒采石斃亮記員興宗采石大戰始末所記誠不免鋪張失實王明清揮麈

三錄趙甡之遺史則痛詆允文不遺餘力熊克中興小歷則云時王
權所督水軍車船咸在而諸將未有統屬莫肯用命盡伏山崦惟
張振王琪稍任其責允文自建康來因使人督之敵舟將近於是
振琪與統制官時俊盛新等徐出山崦列於江岸我軍用海鰍船
迎擊之皆死鬥人舟沉溺遂不能濟 原云沉溺殺
方大不取 其意亦歸功諸將
而因之平蓋諸將非有一二人先作備禦即書生慷慨激勸亦無由
藉手以卻敵也豈能戡目是諸將之功勸之力我自是允文之功
功狗功人兩不相掩及李顯忠至軍允文即以京口無備援往援之至
分兵相助所見殊為忠壯劉錡大功在一儒者語自因瓜洲一敗引咎

目責其極推允文曰見錡之孤憤乃全踰山作劉錡論則以世之
議短劉太尉皆允文之徒所造謗而以允文揚林之勝張皇之甚耶
按趙甡之遺史為斷且云亮於次日棄采石而趨瓜步亦豈以允
文之勝蓋亮素畏太尉聞其以病退而瓜步已下故思合勢以進非
因敗而走也假使亮次日不去全師竟渡未卜允文何以應之乃會
逢其適從而參之且謂太尉愧死亦有過乎所論殊未平允夫楊
林之捷不能走亮實已敗亮之至瓜洲允文亦至鎮江其氣固非
敵是求那亮果不以濟允文亦豈無以應之乎踰山之意以為臨
敵之際宿將必過於書生而知宿將之善於避乃更勝於書生也

初三日晴午後陰夜聽內人彈琴

伯平来飯後作劉叔濤詩序一篇崔琴友袁偉亭先後至

温公進資治通鑑表曰臣之精力盡于此書其与宋次道書曰某自到洛以来專以修資治通鑑為事至今八年僅了得宋齊梁陳隋六代以来奏御唐文字尤多託范夢得將諸書依年月編次為草卷每四丈截為一卷自課三日刪一卷有事故妨廢則追補自前秋始刪到今已二百餘卷至大曆末年耳向後卷數又須倍此共計不減六七百卷須更三年方可粗成編又須細刪所存不過數十卷而已其費功如此温公居洛十五年故能成此書今學者觀通鑑往往以

蓋編年之法並一事用三四處出處纂成目之為功大矣不觀正史精熟未易決通鑑之功績也通鑑采正史之外其用雜史諸書凡二百二十二家以上緯略佩綸案通鑑以資治為主故刪之令簡然使當日少采多取則累代稗史雜史附之以傳豈非幸事宋之大書之外以資治通鑑為一大書惜元通不載所以英華斷自文選以後而通鑑又裁黃過嚴耳

初四日陰仍衣棉

姚馨圃自都來持潤民師書見之時赴兗曹濟道任伯平之弟佩珩

大令文瑋來談

輟耕錄盧疏齋先生文章宗旨云古今文章大家數甚不多見六
經不可尚矣戰國之文反復善辯孟軻之條暢莊周之奇偉屈原之清
深為大家西漢之文渾厚典雅賈誼之俊健司馬之雄放為大家三國
之文孔明之二表建安諸子之數書而已西晉之文淵明歸去來辭李令伯
陳情表王逸少蘭亭敘而已唐之文韓之雅健柳之刻削為大家夫
孰不知並古文亡有數漢文司馬相如揚雄名教罪人其文古唐文
韓外元次山近古樊宗師作為艱澀非古宋文章家尤多老歐之
雅粹老蘇之蒼勁長蘇之神俊而古作甚不多見蓋清廟茅
屋謂之古朱門大廈謂之華屋可謂之古不可太羹玄酒謂之古

八跡謂之美味可謂之古不可知此者可與言古文之妙矣夫古文以雜而不華質而不俚為高無排偶無陳言無贅辭云云案跡齋此論虞門八大家所昉桐城派無排偶之說亦本於此其所謂無排偶耶其不華不俚也非不準有一排偶之謂試以跡齋所指大家言之孰是無排偶者予古不古之說甚細此即稍窺家古調虞閣之剛學古文者不可不知

初五日晴

午後答陳伯平昆仲過晦若寓定詩序都中寄時文數種晚崔琴友洪翰香來小坐復趙菁衫書

非見沈文起先生幼學堂遺書有王荊公文集注因思東坡文集猶無注頗存掇拾之意檢張金吾愛日精廬藏書志有經進東坡文集事略殘本二十九卷爲宋迪功郎新紹興府嵊縣主簿臣郎廟日諱曄之所進　張氏曰曄之即注陸宣公奏議者前有孝宗御製文集贊及贈太師制東坡詩文衣被天下然文集未有注者是書鉤稽事實考核歲月元元本本具有條理可與施元之王十朋詩注相頡頏原書卷數無考今存卷一至卷十一卷二十至卷四十文卷二十一至二十七每卷二字俱有補綴之迹細審板口似是五字所改或卷弟一至五十七歟季滄葦書目著錄注宋板不全此本每卷俱有滄葦

記即季氏舊藏也余業月霄藏書及身斥賣不知此本兵燹以後
尚存否若據以為底本豈非快事又不知世尚有全書否
初六日晴
毛太淑人忌日祀畢枯坐愴然
初七日晴
黃秦生自徽州來國瑫袁偉亭辭行午後伯平過談晚崔琴友來
小坐仲瑾由都回在班御處候榜
史通品藻篇班書古今人表仰包億載旁貫百家分之以三科定之以
九等其言甚高其義甚愜及至篇中所列異不類於其敘哉若

孔門達者顏稱殆庶，至於他子，難爲等衰。今乃先伯牛而後曾參，進仲弓而退冉有，求諸折中，厥理無聞。又楚王過鄧，三甥請殺之，鄧侯不許，卒亡鄧國。今定鄧侯入下愚之上，夫甯人負救爲善獲戾，特以政亡，將何勸善。故謂小不忍亂大謀，失於用權，故加其罪。是則三甥見幾而作，決在未萌，謂當高立標榜，寘諸雲漢，何得止與鄧侯鄰伍，列在中庸下流而已哉。又其敍晉文之臣佐也，舅之儔爲上，陽處父況之，士會爲下。其述燕丹之賓客也，高漸離居首，荊軻亞之，秦舞陽居末。斯並是非瞀亂，善惡紛拏，或珍瓴甋而賤璠璵，或策駑駘而捨騏驥，以茲爲監，將誰欺乎。宋王觀國學林亦云古今人表第九等謂之愚人班固以不道之君逆惡之臣皆置之九等桀紂妲己管蔡幽厲州吁趙高之徒皆在九等宜矣而鯀與周平王亦在九等之列蓋鯀在舜之時羣臣僉舉以為可治水則其才智固已素稱於朝不幸而績用弗成則智有所困而力有所不足故也殛鯀所以戒羣臣鯀非愚也譬猶戰而敗績耳戰而敗績豈遽亦為愚人耶周平王為西戎所逼東遷以避之迫於不得已也果非不道之君鯀非逆惡之臣班氏列在愚人之等誤矣又如荀卿居第二而孔子弟子則居第三老子嘗為孔子師乃居第四列子者有道之賢莊周嘗師之乃與師曠扁鵲同居第五孔文子為孔子之所

稱美而反居第七如此之類升降不倫不可勝計冀足以盡公議耶
表無漢人有古無今豈書未成歟案錢竹汀先生作廿二史攷異於
班表頗存迴護謂古人不表今人乃小顏之說竹汀則云今人不可表表古
人以為今人之鑒孟堅序但云究極經傳總備古今之略要初不云褒
貶當代則知此表首尾完具又原序桀紂龍逢比干欲與之為善則
誅干莘崇侯與之為惡則行可與為惡不可與為善是謂下愚錢云
依此文桀紂當並列九等今表以紂與妲己飛廉惡來列九等而
桀與末喜干莘乃在八等又失載崇侯名皆轉寫之譌脫也今本次
第亦復轉錯誤與張晏劉知幾所見本歧異如張晏云老子在第四今

本列第一格乃唐人刊定本舊唐書禮儀志天寶元年丙申詔史記古今人表元元皇帝昇入上聖之謂此也南監本老子在第四格鄭子卜入後此班氏元本張晏云田單魯連藺子在第五今本魯藺在第二格田單在第四格又張說寺人孟子在第二今在第四格嫪毐上巫昏亂悉不甚閒例乃在第七々本不列毐名至知張所指如晉文臣佐今本則冊之僑陽處父淘在第三志會在第四矣藍丹賓客則高第四荊第五秦第六矣史通原作乃五六七三等鄧侯原注第七等今則在第六三甥本第六等今則第五非轉寫訛舛即後人以意升降均失其舊文集又有漢書古今人表跋云此表為後人詬病久矣予獨愛其表章正學有功名教識見

寔非尋常所能及觀其列孔子於上聖顏閔子思孟荀於大賢孔子弟子列上等者二十餘人而老墨莊列諸家降居中等孔氏譜系具列表中儼然以統緒屬之其敘次九等祖述仲尼之言論語二十篇中人物悉著於表而他書則有去取後儒苟信論語之端實歷於此而千餘年來鮮有闡其微者遺文具在可覆按也古賢具此特識故能卓然為史家之宗徒以文章雄跨百代探之稍淺之為文夫矣

佩綸案錢氏之說過涉推崇班之序以未知焉得仁定仁為二等智為三等全用子文之忠陳文子之清皆孔子論定所謂未知者而冒居三等智人之列固已顯背論語臧文仲竊位濫官皆居蔡山節藻梲何如其智也亦在智人中逆

氏七人伯寅叔齊來張少連均在二等可也厲仲何與周二章並居五等既以宋張爲八侯不應猶遺寅逸而柳下惠不見表中尤爲疏漏子禽陳亢定是一人而陳亢子禽均居五等陳子亢又居六等其於論語之學疏舛實多恐不能盡以傳寫重沓諉爲之曲解叔梁紇誕生聖子偪陽之役勇聞諸侯何至與弑逆之中行偃被傒之揚干同儕下上甚亦顛到任意者耳要之以表實漢書一贅疣不存可也

初八日晴巳刻陰晦

陳光患水症黄奉生來留之午飯盛宣懷過談得九弟書

初九日晨雨雪

秦生來竟日

初十日陰

湯伯述來午後答秦生連日校讎舊游百感橫集讀書不能終卷也袁敝之大令過談晚與琴友至仲彭處小坐

晦若寄孫琦亭古文余亦愛其文之雋快然其中亦有過當者如春秋五霸失實論以五霸齊一晉四文公垂老得國急於求霸既有成矣而盡鄭之役見欺於秦此其所以深恨也章襄公真肖子且以繼霸自是以後而殆衰成公以邲之敗幾失霸至景公而復振至厲公而又衰中興於悼其規模莊並有先公風平公以後至昭頃則無譏矣故文也襄也景也悼也

接齊桓而五霸晉成公以魯宣九年卒于扈十二年狄戰于邲則晉景公之三年也若得以邲之敗屬成而謂景公復振乎邲敗之後景雖拓土赤狄肇戰鞍齊而前者宋人告急委之鞭之長莫及後者陽橋之役魯人竊與楚盟晉亦不能討也況而誅公子穀臣與連尹襄老之尸以求知罃況而縶鍾儀以求成始終畏楚華元之合晉楚遂開向戌之先是謂華夷狎主齊盟中國失伯之漸豈但儕諸五霸之中夫霸政以攘楚為功厲雖不終鄢陵之役上從城濮下開之鶩何可沒也若厲以被弒見抑則齊桓身後亦在諸子爭立蟲出於戶豈得復屏以自乎要之春秋謹內外之防而嚴華夷之界楚莊吳夫差決不能推之為伯即秦穆亦止僅強西戎安有尊王禦侮之績五霸

之說且當求諸東西二伯帝以五霸桓公為盛語求之諒非自桓而始與其為齊一晉四之說不如以齊僖以霸開桓之先而以襄悼繼文之後較為平允耳他日更與晦若談之

十一日晴

秦生來辭將入都見高陽作一書與之午後黃臣楚寶均見過

余在塞上以李雁湖王荊公詩注甚略頗取宋人稗說補之後求沈文起荊公文注不得時以為念謝山有題雁湖注荊公詩跋云荊公詩注五十卷見於昭德讀書志而不詳誰作今雁湖之本與之合蓋晁侍郎年輩不及見嘉定以後書則志所列别是一本非雁湖作也但不知雁湖之前

既有注何以絕不一引及之不可解矣雁湖居撫州築蕺峰草堂以箋公詩又引曾景建以自助其功甚勤其材甚博然尚不能無失信乎注書之難吳兔牀騫拜經堂詩話雁湖王半山詩注海鹽張氏所雕者乃元劉辰翁節本失雁湖本來面目曾見知不足齋所藏半部箋注並全每卷後又有庚寅補注不知出自何人晁氏讀書志亦未之及或疑即雁湖所補考壁以甯宗開禧丁卯出居臨川箋注詩集當在是時其卒于嘉定壬午至理宗紹定庚寅雁湖歿已八載安得復出其手或其門人如魏鶴山序中所謂李西美之流為之則未可知耳觀此兩則雁湖以前有注雁湖以後有補注而張刻

尚非雁湖迻本藏書不多何能輕言著述哉

十二日陰

過晦若以容氏下第甚悶鶴巢永詩內難嚴無一相識者得都中

書九弟寄素心蘭八盆來

琴友澹泊誠確而性好道書偶談老莊亦有心得頗獨癖者神仙之說以為長生可致未免其溺也愚嘗告合肥以親見純陽得其秘授欲傳之合肥師大笑而止琴友畏余亦不責我也案世所傳純陽詩大都乩壇語直齋書錄解題有肘後三成篇一卷稱純陽子其言小成七中成六大成五皆導引吐納脩鍊之事又有純陽真人金丹訣一卷与三成篇微不同

大要皆依託也明段元一目錄涵虛子又號承明道人崇正闢謬拾道藏之言以端的上天梯為錄著於殘稾參五卷六十四篇序稱親請正於呂洞賓捷要稱其為乩仙幻術所惑可云透頂之識余每笑秦皇漢武皆聰明英異之才乃惑於神仙為方士所弄又何怪宋真宗之愚騃徽宗之佻達者名臣大儒如李鄴侯之謹直乃自稱嘗与赤松王喬羨門安期游處從屬詭誕不經朱子少耽禪學已為識者所訾乃為參同契攷定同異實則所校勘不過六七處餘皆隨文詮釋有類箋注雖至貶謫之後藉此排遣殊屬學力不继殆為黎之邀大顛同游之日何別東坡請長官詢缽文人將戲有託而逃並之習閩東

對西禪之說見理不真究屬訪中一病耳夫求仙之與養生截然不同靜與躁嗇與貪極相反也以躁與貪求長生可乎

十三日晴午後陰

瀏師寄鴈湖荊公詩注來余昨方校證此本亦可合矣又賜年刻陸宣公奏議一部皆精本也昨得子湘一帋索北食寄之午後仲璋來談商定回館日期陳兒病嗽將半月令林聯輝視之據云肺患頗重以屋小霉氣所蒸也

鶴林玉露葉石林云杜工部詩對偶至嚴而送楊六判官云子雲清自守今日起為官獨不相對切意今日當是令尹傳寫之誤耳余謂不

然此聯三五二句為帆雲對日月兩句一意乃詩家活法若作今尸則索然無神且送楊姓人故用于雲為切題豈應又泛並用一今尸耶如次弟尋書札呼兕拎貽窩亦是以弟假對兕詩家妝此類甚多又云杜詩桑麻深雨露燕雀半生成后山詩撥翻扶日月甚屬樞吹噓或謂屬實不類殊不知生為造成為化吹為陰噓為陽氣勢力與雨露日月二相配也棠羅氏如此論詩殊涉纖瑣

十四日晴

得八弟書李筱荃文寄廣雅局叢書來晚邀仲璋脩甫便酌

令陳兕來齋中靜養

十五日晴

以先輩書室須以改窗户暫移几案於晦若之西齋琴友下榻處也屋尚潔淨然院亦偪側署中甚隘少憬地也仲韡回館修甫蘇隸蕡臣處

伯述極稱孫可之古文此欲求異於桐城而失之奇僻者讀書志引東坡之言稱學韓愈而不至者為皇甫湜學湜而不至者為樵毛晉以破為非樵要則深韙之此實可之定評也汪韓門有孫文志疑一篇謂其十五中惟文粹所傳十篇為真餘皆偽託此亦極力迴護可之之說故汪文達不以為確可之集自序云檢所著文及碑碣書檄傳記

錄祗得二百餘篇叢書可觀者三十五篇編成十卷嘗謂十卷本乃景
二百餘篇書本今存三卷乃其二十五篇選本也二十五中十篇猶佳則姚
氏選擇之精耳即以十篇論之武侯碑陰云武侯之流比於燕趙彼唐
秦齊城今諸侯在下矣陳志劉云梁益之民咨述亮者言猶在耳雖
甘棠之詠召公鄭人之歌子產無以遠譬也則亦仍本之承祚未為創見
西齋錄簡古自有法以天后擅政之年不繫中宗此說通鑑取之何義門
全謝山均不以為然懼後世尊以稱說也勺亭未定帖前五叢冗處俱後云
叢閒能峽與書目序叢書可觀者參看有意造之可實則扶權附
是矣後佛寺奏與諫佛骨疏無論文字高下一則自奏一則擬之令

李行方代奏李亦平未奏也一廬一竇分黃漁相去遠矣學錦不敵
但敝猶不為逸學錦不成則罷而惟矣不擇術不精走入稗徑乎

十六日晴天氣漸煖御袷衣

呂庭芷前輩來洪翰香過談云胡墨莊先生之族從孫會試過此
有家藏墨莊遺書可以寄貽詢墨莊先生家事則惟一孀居孫婦
不知有遺息否午後過晦若久坐論古文甚暢晚朱存言黃定侯起
肇已於去年下世馬江同事吳公族已盡矣胡名青□己卯舉人
合肥屢送潤墨來閱之寄宗湘文龍松琴兩書皆久忘作答者

十七日晴

午後翰香偕劉仲儀文鳳來劉生桐城人集賢都講也

十八日晴有風

廉生寄書數種來作書復之午刻載之寄贈聖教一冊乃程易疇藏本有拙老人宋遠堂藏記易疇及何蝯叟兩跋亦斷本也沈石田一小幅山水精絕安圃書來云畏西有亂首逆已擒王仲彭屢以談

為黃秦生寄朱亮生書

直齋書錄解題唐百家詩選二十卷王安石以宋次道家所有唐人詩選為此編世言李杜韓詩不與為有深意其實不然特此集非特不及此三家如王右丞韋蘇州元白劉柳孟東野張文昌之倫皆不

在選之意荊公此選一世所罕見其題然在人者固不待選耶抑宋代

道家獨有此一百五集據而擇之他不復及耶亦可以意斷也館

臣案晁公武讀書志宋敏求爲三司判官嘗取其家所藏唐人一百

八家詩選其佳者凡一千二百四十六首爲一編王介甫觀之因再有所

去取且題曰欲觀唐詩者觀此足矣世遂以爲介甫所纂也提要

云讀書志作於南宋之初去安石未遠晁氏自元祐以來舊家文獻

緒論相承其言當必有自邵博聞見後錄引晁說之之言謂荊

公簽帖其上令吏鈔之吏厭書字多輒移所取長詩簽置所不

取小詩上荊公性忽略不復更視今世所謂唐百家詩選曰荊公定乃

羣牧司吏人宅也，其說與公武又異，並說之果有此說，不應公武不知。考周煇《清波雜志》與博所記相合，煇之曾祖與安石為中表，煇持論多左袒安石，當由安石之黨以此老不愜公論，遂為是說以解之，託其言於說之耳。今本為宋牧仲所刊，余購得之。較《讀書志》所云多十六首，提要以為《讀書志》寫者之誤，此書或以爲僞。閻百詩先生歷引《唐詩品彙》及《書錄解題》以證其並以《讀書志》收之詩已溢於次道原選之數，不見荊公去取之迹。然則此本乃次道所選，非吏人易之，亦非荊公嘗本也。要則昭武《讀書志》誤耳。高達夫、皇甫茂政、岑嘉州、韓致光四家最多。

十九日晴

醫云陳児已痊而余咳矣仲璋来談明四六源流得八弟書寄琴

錢四分作一夥復之瑄卿書来云清卿五月可入都

二十日晴甚煖

復謝戴之两至晦若處久談還閱咳甚不能閱書晚李子

木自都来

二十一日晴

得鶴巢畵卷為戴兆春所攢久困場屋為之慨歎

二十二日晴甚煖

復禎卿書午後翰卿來重校臨川集塞上校李注以李注過臨川集

二十三日晴

得高陽書

二十四日晴

以時魚兩尾寄高陽晚秦生來陳兒已愈令回書室

二十五日晴

秦生來夜咳甚不能成寐

二十六日晴

昏臥竟日夜作一牋謝澗師賜書

二十八日晴

沈丹曾來寄伯潛書吳蘭石及秦生同來談竟日擾擾不能讀書為秦生作香濤一帋

二十九日陰晚大雨

午後送秦生踝移尊至晦若處小酌共嘗時魚雨中涼爽酒亦微醺復勞玉初一帋

梁詩五孝廉來商子峨箋注意欲寫定刊行請余一閱允之子峨於經精疏議論頗有闡發處似宋明人說經者箋子蘭一生面似亦有存耳

五月初一日晴

夜秦生來得廉生書並載之寄羊毫及新刻擊教

初二日晴

容民下第踵恪四借晦若連騎候之湯伯述來晚過晦若久坐

三餘堂送書來得宋詩紀事一百卷才調集二馮評本乃闕一卷矣

還之韋縠編十卷千首

按蜀韋縠生於五代之際所選取於晚唐以穠麗宏敞為宗救靡麗疎淺

弱之習未為無見二馮舒馮班意擬排斥宋詩遂引之書於崑

體指為正宗不知李商隱等唐季僅有二十六數之目所謂西崑

聲移於宋之楊億等，唐人無此名也。

馮武序：先世父默庵、鈍吟兩先生承先大夫嗣宗公博物洽聞之緒，學無不該，尤深於詩賦。默庵名舒，字巳蒼，以杜樊川為宗，而廣其道於香山、微之；鈍吟名班，字定遠，以溫、李為宗，而溯其源於騷、選、漢、魏、六朝。雖途跡不同，其必謹飭雅馴則一也。兩先生皆右西崑而詆江西，謂恐後來易入魔道。

又云：韋君以白傅冠通部，取其昌明博大、有關風教諸篇，而不取其閒適小篇也；以溫助教領第二卷，取其比興邃密、新麗可歌也；以韋端己領第三卷，取其氣宇高曠、辭調整贍也；以杜樊川領第四卷取其才情橫放有得風雅也以元相領第五卷取其詩發乎情風人之義也以太白領第六第七卷而以玉谿生次之所以重太白而尊商隱也以羅江東領第八第九卷取其才調者擇也其他如司空表聖非不超逸而不取以其取材不文也李長吉歌行非不峭媚而不取以其著意險怪性情少也韓退之非不協雅頌而不取以其詞不馴也柳柳州非不細麗而不取以其氣不揚而聲不暢也高達夫孟浩然非不高古而所取僅一二篇以其學意不同也韓致光香奩非不婉冶而不取以其發乎情而不能止乎禮義也甚陽東野非不古而所取僅一二以其艱澀也要之帝君此書所謂不盡一代之人之心非謂所

遂可盡人之能事，合者取之，不合者棄之，亦自成專氏之書云云。余按簡係之說亦類在國哉，直變買則辜氏不過宗法中晚二馮、秀元白一輩，温李同之。王說要自成爲陳氏之學，非辜氏之支派如此也。趙飯山執此以爲漁洋、杭衛楚回先美齊亦未同。

初三日晴

午後殺卿來，閱散館單，伯潛之弟叔毅改部屬，閱隸太僕集竟日。同年王玉森梅舫以疾久不散館，此次入都散知縣。

初四日晴

過晦若談，黃臣來，宋存辭去，塞上三年，舊僕均無去志，余以為人情不薄，及來津又閒居四年，則反鮮矣。世豈有顏士奴哉。

戴之寄翻刻宋拓聖教一本，佛道崇虛之道字兩點有異，子間之誤。巳摹失波，飛二字亦無異乎。

初五日陰雨

寄黃鏡生書，交聯仙、蘅轉，致並以廉生數行。夜作九弟書，論鄉事。樂山有書，復之。

初六日陰

楓臣來辭。午後劉儒章教授世琛來，以己丑進士縣班選奉天

昌閣循教授乃乙亥伯潛所得士閩邑縣西北人

初七日晴

得戴之書復高陽一箋交姚斛泉李觀察與鋭來以薛叔耘電見示木預世事一笑置之

大雲山房雜記引默記言歐陽文忠省試請題乃目眊瘦弱少年各書皆言公貌寢豈弱於前而壯於後耶此記乃笑人少年瘦晚年或肥此何足怪

記又云昭烈伐吳乃欲伐吳之後滅魏耳蓋以荊州前事為戒怒出師中原吳躡其後也又其時吳弱小於魏先攻弱小者弱小則且以持

孫大吳況魏為國之賊吳為賊之黨春秋之義宜先翦黨後

世以號專不幸遂所為憤兵不知昭烈生平未嘗一事悻悻不過

以吳殺前將軍為出師之名其謀則未嘗不深遠也余業以說

甚迷然尚有未盡武侯隆中之對本云天下有變則命一上將將荊州之

軍以向宛洛將軍身率益州之眾以出秦川百姓孰敢不簞食壺漿

以迎將軍者乎荊州未失隱然以上將屬前將軍矣今失荊州亦止

能自出秦川而命趙順平輩攻吳故武侯謂法孝直若在則能

制主上令不東行就使東行必不傾危其意蓋欲昭烈征魏荊將

東行若東行不致傾危也迺一舉但絕失討賊之義日久則魏已定矣

初八日晴

得九弟書花農來過晦若略談

初九日晴

以衣料鍼黹復都廟答允變之執也答庚渠秋一紙連日整理書帙眉目稍清夜得陳伯平太守書

初十日晴

得子涵書復誼卿一函

十一日晴

趙燧冬明經曾攄羅右三孝廉崇齡陳佩珩司馬文瑋均來復

子涵書

余十八游海陵從戴〻得兩當軒詩愛不忍釋手抄全集半月而成詩筆頓進其後抄本為八弟取去業頭亦未購兩當軒也今日書賈偶持書數種來中有此集遂買之披閱一過如遇故人按子亦論詩云中有黃滔今太白人爾單點亦云詩非雙井乃太白其序中並云稺存評其詩出於太白然稺存然集中則謂仲則詩宗少陵昌黎之時之梁伯昌谷也今觀仲則有詩評七則云杜固詩之祖而李東川實亦謂祖所自出後人從門之遂無所不備蘇循雖少而渾於元氣已成大觀矣愚見欲以岑嘉州與李昌谷溫飛卿三家彙刻們道

無理並解讀之爛熟試令本筆一字一字有絕妙過人處亦惟解人能
知之也阮亭云歐陽文忠七言長句高處直追昌黎自王介甫輩
皆不及也愚謂歐王異派各有佳處不能較優劣也王詩得辛味
居多其沉雄處要不減前人二晁宗蘇參黃其沉峻刻鍊處
文潛並有鄴王之勢補之篇幅尤大擬之勝處竟直入昌黎之室
矣人多謂附蘇而傳詎知有非蘇亦傳者耶遺山詩學杜無李
天資才力為以趙之勁微惟其成乃太多並不寫為盤之大手筆
也伯生沉鬱頓挫不肯為一直筆固是後來之雄但有過為圍
刻處一失之運掉不靈耳此可得其宗旨所在稱存為之深文

為何正賓來為句以為似太白就其質近耳潘瑛詩草云七古神
奇安化獨近青蓮觀至太白墓詩有云我所師者非公誰可
以知所本矣不知學韓即上通李杜下啟陳王也
十二日陰小雨時作時止
為雨生改文字數篇答永詩陸蔚廷同年乞假南旋
十三日晴
安圃有書以二百金還載之
十四日晴
復安圃書寄家塾東脩廿兩

十五日晴蒸煖

寄都中書並附潤師啟明日均交摺便

十六日晴

過晦若談得雲舫書聞梅舫同年欲改教書生來路聞之既歎

直隸同年入詞館六人曉颿乃戊辰補殿試者子錚散館知縣心

齋以桃素湖道攝臬事雲舫以祭酒直上齋皆須髮蒼苙矣

梅舫久病無子女今年已六十家為潦倒也趙燧冬辭行

韓詩外傳學以為人教以為己此兩語道盡世儒伎倆

十七日晨雨涼爽

午後答陳佩珩爲兩兒改賦兩篇詩四首甚覺疲乏

樂府中有閱世語飲馬長城窟行枯桑知天風海水知天寒入門各自媚誰肯相爲言讀之殊有餘味少時亦自忽略讀過

尚書孔疏引晉書皇甫謐傳云姑子外弟梁柳邊得古文尚書故作帝王世紀往往載孔傳五十八篇之書又云晉太保公鄭沖以古文授扶風蘇愉愉字休預愉授天水梁柳字洪季即謐之外弟也季授城陽臧曹字彥始始授汝南梅賾字仲真爲豫章內史遂於前晉奏上其書而施行焉此兩事今晉書皆不載尚書後案以王肅注與孔傳多合遂謂僞古文非謐所造即肅所造余謂謐肅自造而自引之

未免必謂日拙焉知非偽書竊取世紀及肅注乎是亦未可以竊鈇之疑斷鄰人也古文真偽聚訟紛如宋學不必置論矣閻百詩謂論語孟經無論字論道經邪甚於改之詆此而論道全謝山云閻必以古文為偽故有此說是謝山之說頗主西河然鮚埼集亦未嘗言之也

十八日陰

督兩兒作課九弟寄三朝北盟會編來作書復之夜浴甚爽

論教之法必擇正人以漢文之賢主豈不知賈生優劣並賈傅懷王而鼂為太子家令使賈生即老壽景帝之世亦未必能大用也而鼂以刻覈

導宗之邪以更之族親之待師傅之恩可云薄矣其後仁宗如孝元乃進蕭望之自殺若孝成之尊禮張禹詢以外戚則更誤之雖禹之老耄負國亦以帝之懦更甚於孝元王氏之權更甚於恭顯殆深陸釜於蕭傅之禍也至於幼主即阼例選名儒如孝昭之蔡義夏侯勝孝和之桓郁均恩禮始終惜乎天祿不永究為憾事宋之哲宗元祐眾正盈廷講讀極一時之選並伊川竟物行貶黜其他亦以紹述論貶概予貶謫極無舊學之情豈徒由天縱固非講幄所能挽迴匡救耶至萬曆之於江陵則又有說矣

十九日晴

過蟫若談伯平有書來復之陳此又病甚悶悶也

岑嘉州集四庫竟不收未詳其故今通行者明刻八卷本正德[illegible]元[illegible]刊又有三

卷本乃錢遵王所藏後歸汪氏振綺堂又有收初七卷本昭文張氏所藏云

較明八卷本爲善未之見也直齋書錄解題亦無岑集苕谿漁隱於

嘉州詩亦錄一條似宋人不甚喜嘉州之詩惟荊公百家詩選嘉州詩最多

疑荊公亦有所矯也集有京兆杜確序稱其編覽史籍尤工綴文屬

辭尚清用意尚切其有所得多入佳境迥拔孤秀出於常情每一

篇絕筆則人人傳寫雖閭里士庶戎夷蠻貊莫不諷誦吟習焉

時議擬公於吳均何遜亦可謂精當矣七卷本張金吾又跋稱

歷攷唐書藝文志崇文總目郡齋讀書志通志通攷均稱十卷今

無作一卷者此本與雄序合似無脫佚意者移之卷文三卷合十卷歟亦

見李滄葦書目跋云卷四有唐博陵郡安喜縣令岑府君

墓誌果毅張先集墓銘二首一卷本所無不知兩文何編於第

四卷中殊無蹤跡可尋文無排律一類似詩少於一卷本矣亦見

具善本耳 按直齋別集類未收十卷本詩集類收一卷本通攷並收張之跋云未審此之卷三卷四足十卷殘本未能校其優劣

嘉州新舊唐書無列傳直齋云嘉州刺史岑參文本之曾孫天寶三年進

士爲補闕右史郎官與杜甫唱和晁氏云南陽人文本裔孫天寶三年

進士累官補闕起居郎出爲嘉州刺史杜鴻漸表置幕府爲職

方郎中兼侍御史參終于蜀參博覽史籍尤工綴文屬辭清尚用
心良苦其有所得往往超拔孤秀度越常情每篇絕筆人競諷
誦至德中裴荐杜甫等嘗薦其識度清遠議論雅正佳名
早立時輩所仰可以備獻替之官云集有杜確序按確序系天寶
三載進士高第解褐右內率府兵曹參軍轉右威衛錄事參軍
又遷大理評事攝監察御史充安西節度判官入為右補闕頻上封
章指述權佞改為起居郎尋出虢州長史又改太子中允兼殿中侍御
史充關西節度判官從上潛龍藩邸總戎陝服奏除寮吏皆一時
之選由是委以書奏之任入為祠部考功二員外郎轉虞部庫部

二已所又出為嘉州刺史副元帥相國杜公鴻漸表公職方郎中兼侍御史列於幕府無幾使罷府庭於蜀時西川節度因亂受職公著招蜀客歸一篇申明逆順旋旆有日責往出縣罷陳撤敍琭不詳也宰相世系表作嘉州都督業乾元元年三月劍南節度使盧元裕請升嘉州為中都督府壽羅舊（考地理志）劍南道蔡為元帥府參佐始刺嘉州德宗以元帥會軍於陝州乃代宗即位時事都督府罷久矣其後始出為嘉州乃刺史也世系表誤

二十日晴

洪大使恩錫來候送入都雅賓同年來福建遺缺（將補延平）容氏入署

以文苑英華唐百家詩選校明刻高常侍岑嘉州集因歎世之議荊
公詩選殊無真見也其說曰史厭之字多摭取所載長詩移置所
不取小詩上荊公性急遂不及察此實謬論荊公自作一詩往往推敲入細
改至三五次推定豈於選詩無眼至此坐令吏人欺蔽形如木偶乎夫詩
之佳否豈以長短為憑要見荊公不一取小詩而必盡取長篇者即以
高岑二家論之高詩七十二首律詩僅　首餘皆古詩長篇岑詩八十
一首選古詩至四五篇此豈吏之所易置者乎且其選兩家詩於其
名篇傑作盡入搜羅之取甚有深意不知何者不悟公論而其尚必
遂為此說以誣荊公也夫荊公之新法可議而其文章同者不能議或因

其文而取其人務翻人之論實因其性而識其文全出臆詞皆非也

二十一日晴

楊上舍朝慶字雲史伯行之壻來謁夜杜李兩質赴滬以二百金交其物色

書帖答雅賓同年

二十二日晴 楊雲史孝廉來

得高陽復書寄狼毫十支作書謝之午後答容氏夜示仲弢

慶小堂寄二百金予載之 閩督卞寶第乞老允之

二十三日晴 季士周來商戴子輝主合肥書院事

漢魏百三名家僅存西漢九人捷庫謂校叔亡兮輯成一集葉隋任籍

志漢之有集者武帝集一卷梁二卷淮南王集一卷梁二卷騎都尉李陵集二卷
諫議大夫谷永集二卷司空師丹集一卷梁三卷錄一卷光祿大夫息夫躬集一卷
班婕妤集一卷合所輯九集共十六集其梁有隋亡者曰晁錯集三卷曰漢
宏農都尉枚乘集二卷錄各一卷曰光祿大夫吾丘壽王集二卷曰太常孔
臧集二卷曰丞相魏相集二卷錄一卷左馮翊張敞集一卷錄一卷曰射聲
校尉陳湯集二卷丞相韋元成集二卷曰涼州刺史杜鄴集二卷騎都
尉李尋集二卷共十集合前為二十六集舊唐以開元四部為志所列漢
集曰武帝二卷淮南二卷賈誼二卷枚乘二卷司馬遷二卷東方朔二卷
董仲舒二卷李陵二卷相如二卷孔臧二卷魏相二卷張敞二卷韋元成二卷

劉向集五卷王褒集五卷、谷永集五卷杜鄴集五卷師丹集五卷息夫躬集五卷劉歆集五卷揚雄集五卷桓梁關班倢伃鼂錯吾邱壽王陳湯李尋五集四卷數或多於梁今九集已非原本此十七集以嚴氏所輯漢文致之武帝存詔令九十八篇賦一篇辭一篇河渠書有瓠子宣房向歆錢溢二卷之數淮南存二篇班倢伃存三篇孔臧存六篇鼂錯存九篇司馬遷存四篇吾邱壽王存三篇李陵存四篇文選有詩三首魏相存七篇韋玄成存六篇陳湯存二篇谷永存廿五篇師丹存四篇李尋存五篇息夫躬存四篇而張溥集則全輯之得十五篇同與嚴枚集則周守敬輯之得廿四篇嚴輯不收前僅十五篇文選所收皆注引枚乘集有臨灞池遠訣賦今亡

大可爲隋志作隨也

二十四日陰

摺弁入都寄復陳仲勉叔毅及壽伯茀書

二十五日晴

雅賓來談

直遵化之南餘一舍有山壁立而秀者蓮峰也求之圖志不知其所

本里俗舊云以其諸峰環列狀若浮蓮或謂山有蓮池而因以名

焉遼大安八年祐國寺僧傳戒上人普鑒厰初往來山間駐錫

泉上初謂蓮華院後歲旱以雨難禱之乃池有神龍浮鏡而

出又山巔時見大寧諸波寶塔寶鏡之名始于此矣此王寂拙軒寶塔山寶鏡寺記也其記又謂雲蹤秘迹皆覽于傳載之塔銘與義熙之石刻義熙蓋晉安帝年號此地非晉有何從而改此相傳是碑與石羅漢像之皆瘞地因之悞也廢僅存碑矣此碑乃遼代一故事而今州志遺之亦足見秉筆者之淺陋耳因與兄輩說鄉事聊筆之

王寂之弟名寀自號由金子拙軒有其詩集序惜已不存中州集稱薊州玉田人而寂叙其父行狀乃大名莘人六世祖晝乃又再從弟為遼人所得羈縻于景州南部因家焉蓋以置化縣未涉玉田一字也

二十六日晴

李大令振鳴来求見甚切及見乃干以事可鄙揖而退之午後延永詩来爲陳兒一診夜薄飲醺並得誼卿書

二十七日晴夏至

復誼卿書寄五十金還金吉石書畫價交載之

二十八日晴大風

晨起得蘇州書估侯念椿書言有宋無注管子一本半葉十行行廿一字屬誼卿致之麋生寄書數種永詩昆仲同来雅宜篆行有持曉嵐先生所藏朱文正彭文勤翁覃谿錢辛楣諸公尺牘詩与文手迹書也来售者

欲以賤值得之索價太昂摩挲亦久而已

二十九日晴

得宗氏兄仲兩書子涵寄聚珍板八十餘種來傍晚送雅賓行並聞李郴夫人過津至潘子靜處見之

論語意原宋鄭汝諧撰提要云其德秀稱其學出于伊洛並所說頗與朱子異如衛靈問陣亦不可對乃有託而逃以子賤為人沈默簡重非魯多君子不能取其君子皆是以備一解至以使民戰栗為哀公之諱以見善如不及連下齊景公伯夷叔齊為一章則太奇矣然儘是大段精密處多朱子亦云韓州所刊論語解乃是鄭舜舉侍郎者

中間略看亦有好處迷朱子不以其異之為指案意原改之嘆

為三歎而以雅之歎集必田翔而後下歎其或飛或下皆得其時比繆

協說也以聞于西為鄭大夫子馬融說也善人之道與論篤是與為一章

此何晏集解本也是亦兼取古義於吾十有五而志於學章謂聖人不自言

之意是而論生知非知聖人者也於子張問行書紳則云其與子少進於行之

不善章則云不善莫如諸子貢猶然之回視方人之心蓋已洗滌無遺見其

學問積久從少至老日有進益故一言之親切如此其兼采宋儒之說正

與朱子集傳微似相同如匹夫小諒節引程子說朱子亦引之宜朱子不以

其異之而稱其亦有好處矣

六月初一日晴

復子涵一書　晚劉仲儀來　檢點子涵所寄各書不覺[illegible]見目

初二日晴

閱涑水紀聞　邀永詩來為陳兆定之方

初三日晴

鞠耦生日　值伯夫人小極　未能攜饌取醉也　廉生寄九家注杜二餘

書估所送書來　周子玉調劑公施道和天津劉萬田千金作書乞憐于余云以花酬段思余徹知之故子玉到津報贈一盆花一帝蒼官不受也　盡以所覓受其若首者為之地乎　世事若此亦可慨歎矣

漁洋精華錄　惠定宇先生為之刊纂　雖以李杜文章未得此傳

學通儒為之作注者竹垞楊孫各注邈之遠矣乃吳中金榮林始復有箋注之刻其凡例云後始見惠注覈則無一非惠注也其所增益皆習見之典惠所不屑取者及不必注者而進曰箋注易曰刊纂鄴致何也其卷末有補惠注二十一條龍輔見左傳而引之餘姚勒海史漢習見而引博物志宣武蘭亭亦於建靖康乃引春明夢餘錄其陋如此舒例摭拾惠注而亦宜徵君有金氏箋注雜識之錄也尚有徵君未及雜者竭王文成祠一時張桂太僕危徵君知漁洋用事小誤因徐龍友云張璁為文成無何遂引擒宸濠時張璁許泰讒文成于武宗筆而加書注疑張指張璁桂指桂萼箋注

不知有此史乃云惠云張忠桂萼讒之于武宗不可發一大噱乎然空空字於詩詞所涉甚淺亦多遺漏於寒肌起粟不知引坡公雪詩於吹香不知引李頎窗葉吹香飯似稱麥飯不知為五代史家人傳語大漠不知為後漢書竇憲傳語又為提要所譏亦提要云此書先有金注標書名而無書名為所亂則似未一檢金注未知金之竊取忠等耳

初四日晴

復廉生書得丞函一緘

環溪詩話四庫收一卷學海類編者三卷偶從李佑借得舊抄

本乃發以運道義明舊抄其論詩以實學為佳如可說畢天下滿天下之類太淺道窮道錄也殺之矣其論山谷云除拗體似杜而外以物為入一體家不法並亦有而有不可如春至不飛園黃鸝頗頗詩是用精是用主人之請事如詠竹云硎之佳公子為政一窓碧是用史可也又如殘暑已趣紫將風方來隸若雨已鮮嚴諸峰采獻狀六無不可若採點要酷我杜牢賦式微則近于牢騷名不可矣不如拒菊避之席雲月供之張黃花細光白鷗趁予蘭舍之重萬詩可以民演雅一篇大氐以物為事而不失為佳而是山谷所以取名也椒璟點以杜為一祖韓李為二宗与西江派異之故所取於山谷止此並所以於山谷圓

谷詩之一節而山谷之所以為在此類山谷之所以為詩之在此類其秘旨

以此為賦目能避俗生新如詠猩猩毛筆云平生幾兩屐身後五車

書此渾成而大方者若以羊腸除（卑之）並茶以牛角煎黑嘗壯丹非山谷

為之罕能妥帖者因諸過於研鍊往往成穿鑿之病此在善學者

矣

初四日晴甚熱夜半微雨

終日讀書雖鮮衣磅礴而心地清涼知以書鎮心猶未得書中之

趣也

賓退錄載姚平仲乘青騾亡去奔蜀至青城山留一日復入大面山行

二百七十餘里度采藥者莫能至乃解縱所乘騾以石穴以居既
道滔陘之間嶺出至丈人觀時年八十餘須髯長數尺面爽之有
光行不擇崖壑荊棘速若奔馬人作草書頗奇偉並秘不
言所道之由陸放翁作平仲小傳如此以有所寄之蓋靖康叔
寨之役平仲首謀漏洩於敵日之前所謂謀人而使人知之兵法忌
踈及戰敗惟一死足以自解乃健騾行遁及陸老壽足人全無
心肝而放翁稱美之亦以為道不足訓也年八十餘世所恒有速
若奔馬亦武人所恒有此豈得道耶吾嘗謂宋之不振久矣
金人兵臨城下神師道遷延師期請過春分節亦畏金耳

亦時固無一能戰之將也無事則酣歌恆舞有事則張皇乞和

及敵情無厭倉卒欲一戰以邀天幸之功遂詔出兵於此李忠

定傳信錄曰平仲于二月一日親率步騎萬人劫金寨欲擒師道

不知余時以疾給假臥行營司夜半之遣中使降親筆曰平仲

已舉事卯刻將行營司兵出封邱門爲之應援會其劍子蕭

以疾且紀律約兵不頒備所須之間中使三至責以軍令不得已力疾

會諸將詰旦出封邱門戰于幕天坡而平仲所折不過千餘人然以

違節制爲師道所誅即逃遁去云云夫平仲之貪功圖功与欽宗

之不更兵事不足責矣忠定此段亦多可議矣二十七日与平仲同對

期二月六日舉兵此時忠定即有病困城之中何可情假此一失也

平仲改期忠定主國事主戰事自安然不知此二失也既奉御筆

則平仲兵已去惟有銜枚疾趨以夜赴之即不能轉敗為勝約亦可

冀其援受緩乃往以遷延俟詰旦猶出國門此三失也然則忠

定亦書生耳天下事不可以成敗論然此舉關係非輕豈能

盡諉之過於君父乎忠定無一自責之語而反多粉飾於

其間再亦敗將窮不敢〻

初六日晴時有陰雲頗涼爽

過梅若晚翰香來

初七日雨

新歲翻礁沉於成山八弟手函寄來均由舟中檢出者沾溼不可讀笑夜容民來談得八弟書

初八日晴

得子涵書康生寄鴈塔聖教一本以補余昨初拓闕字居然一色

校太玄以馮嗣宗校本何義門校本合勘

初九日晴

琴生屢考僕來頌民寄物四色伯夫人病篤內人終夜侍守余亦

枕上反覆不能成寐以合肥之年老遲推之深為憂悶也

初十日晴夜大雨

巳刻伯夫人下世壽五十五合肥屬其甥士珩料理喪務臨殁竟無一言顧余若有所屬

十一日晴大雨

卯刻伯夫人大殮余率兩兒弔唁連日疲倦即枕片時復至合肥處商喪禮因念昔伯夫人所鍾愛幸惟篤孝傷痛不能自持無從勸慰也

十二日晴家忌

寄安圃第四書

十三日晴

清卿入都過此帶信合肥函之千餘邀余作陪飯後過余齋略談

十四日晴

清卿來邀余午飯蘇〻宋刻答清卿出示張公閒卷中刻還

十五日晴

清卿來談得一新莽鷹符廣有郡乃漢廣陽郡之京師也

十六日晴甚熱

過聯若晚清卿來辭行以有事稍不見贈元押兩枚十二初再回

十七日晴

得家書叔嚴分刑部自都回閩過談

清卿來話別午後至舟中送之有西師陸恢廉夫在坐韜香來以其族人書籍數種來售晚楚寶過談范肖堂之弟仲林從往來名鍾

十八日晴晚大風微雨甚涼爽

過梅若少談容民楚寶均在坐得兩弟書

十九日雨

復兩弟書

二十日陰

復頌民書以其七年生子寄小兒鐲鐶之類貽之

二十一日晴

連日復手校太公一過以補闕佚

二十二日雨

吳贊臣來新署天津道也是夜耿耿不寐

二十三日晴

晨起酣睡至午始覺作伯夫人挽聯云高爽開列得承彥家風論才堪配武鄉為巡相理八百株桑聰慧早成生離忠款佳識助齊桓內治善遇目輒重耳使亡人有二十乘馬艱難備歷負匿名但以為頗工切而衆衆謂齊姜非衛姬所為不稱然以論亦可歎也

二十四日晴 入伏

過梅莊談

二十五日晴 雨陣

寄朱子涵復書 八弟書來 為余推五星 內不甚佳 一笑置之

二十六日雨

潘伯述送以水經釋地抄本見貽

二十七日晨霽

寄高陽書 又附寄廉生一緘 得伯潛五月二十八日書

二十八日陰 涼爽如秋 夜雨

劉鄘林于進楊瓠齡沈于梅歸來相聞步而入不能不見也崔琴反

曲燕湖來

藍鼎元作儀封先生傳張文端請革先生職刑訊定擬極刑

聖祖察其冤命入都陛見當事以同知胡某監行瓜州從揚鄉伯高郵

父老屯見拘留胡所格至淮安總河來會見先生所乘船敗以己舟

易之行暮將泊清江胡督舟子乘夜渡黃河細雨方霏風天如墨濤

浪湍急皆曰命畢矣豈不曰不行俄而雨霽浪靜星斗燦爛如晝遂

渡黃河舟人皆大喜相慶賀先生亦不以為意時說奇譎無理總

河既易以己舟則舟子皆總河之舟子於法不當夜渡飭有胡之過

從亦未必肯行胡邵宇當事指不畏己擬極刑之巡撫獨不畏總河
乎且胡亦人耳而婚構責亦不過貪利祿之見設冒陰夜渡清淮故圓
莫魚腹胡豈有泅水之技可以入河不死哉若云舍死以期殺清恪
則平丹之可笑何敢責之周折裝形容先生之臆識則能抗嚁禮
何懼黃河此二儘可不論也與袁子才作陳恪勤傳敘李巡事同一過
當李丞因獄平祕哺恪勤杖四十及督南河李官鄉雖同知南山岸崩
密芟搠責公勒令李傾家治河河平米賠工官襆帽小車和李所杖江
甯獄平也既李竟懟恨死此與李廣殺醉尉何異書之殊傷恪勤
雅量要之皆不善學史公者

二十九日晴雨後涼爽趙氏昆仲及新安友山宿廿一來廿九行
吳蕢臣來時永定決口論河工許久晚至仲彭處略談琴友來相
約也得廉生書
國朝諸儒崇尚考證名為漢學其端發自顧亭林閻百詩諸先
生自乾隆嘉慶間彬彬稱盛矣其間主張太過至於詆毀程朱
門戶之見太重江藩作漢學師承記嗤毀宋學不遺餘力余嘗心非
之方植之東樹殆心疾其非乃著漢學商兌四卷大攻漢學並其
言亦多過當其上卷列諸儒詆毀宋學之說如毛西河毀朱子謂
道學本道家學兩漢始之歷代因之至華山而張大之宋人又死心榻地

以依隸之錢辛楣云訓詁者義理之所從出非別有義理出乎訓詁之外又曰訓詁之外別有義理非吾儒之學中卷之下引惠氏曰通俗文惜不傳蓋自南宋俗儒空談道學凡有用之書不至南宋而皆亡中卷之上引其理必曰宋儒言性言理如風如影戴東原曰程朱以理爲如有物焉得之于天而具之于心啟天下後世人人憑在己之意見而執之曰理以禍斯民更淆之以無欲之說執己之意見甚堅而禍斯民甚烈又曰大學開卷說虛靈不昧便涉異學論語開卷說而以明善而復其初出莊子全非孟子擴充其學之意中庸開卷說性即理也如何說性即是理汪容甫云宋學禪學盛行人人說理遂以被諸孔子

求之經與惟大學之格物致知于古無傳，今又稱墨子與曾子相表裏，孔
墨從不相謀。譬如方氏之說太覺謬妄，敢於立言，辭而闢之可也哉。
宋儒之精到處千載常存，漢學家駁之，朱子不見損；方氏尊之，朱子
亦不見益，乃反脣相譏，其氣淩陵，其理麤雜，其識瑣碎，所謂
助子與賈賢宰言殊失大體。至　國朝諸儒之校證亦自不磨，
江河流傳萬古，方氏惟以小學音韻為漢學，諸公緒業為唐宋以
來所未有，而其他率一筆抹摋而結之曰主張宗旨，阮偏則鄭說
深言實亦不少，未免有意輕蔑，與江藩之過於漢學同一揆。
要此借門戶相激之論，遂至學士大夫成一攻訐之派，豈謂真

能通經之漢儒真務窮理之宋儒必不如是盛日方目阮刻皇清經解不取謹漢校刻為此論未知確否居今日而論儒術漢學家流於瑣碎於小學尚未深通輒援於嘉諸儒唾餘摇唇鼓舌所謂碎義逃難者正漢儒之所鄙宋學家竟已絕響矣竊謂必泥漢學不過歸於無用必泥宋學亦不過歸於無用去通經致用甚遠夫人生此世必以切於世用為主窮通得失自天主之而所自主者則在砥名厲行以漢學之攷證求之制度事物識其大者而小者可遺以宋儒之義理歸之身體力行踐其實者而空者可略於是達而在上則建

言行政事能斟酌古今有裨實用即窮而在下治經自無漢儒究心世道習氣亦能窮理自無宋儒講學標榜習氣子謂子夏曰女為君子儒毋為小人儒如此庶乎君子矣余思輯漢儒近思錄專取漢人躬行實踐之語依近思錄分門別類使治經窮理兩途同歸於制行之身而免於門戶之爭又思輯漢唐以來學案申明通儒之學斷以外能治世內能律身為主而所謂詞章也語錄也特學中之支流而必千氣萬力耗精神於無用之地而使吾儒所以自治與所以救人者無以異於於而之畢凌戲余非其人庶幾其為存此志而勿懈耳

三十日晴仍涼爽

得鶴巢書楚寶來談呂庭芷前輩送爽秋詩一冊來

閏六月初一日晴

復廉生書夜渠山商潤若次來適晦若不之評

初二日晴

琴友來談晚過琴友翰香在坐復八弟敦之各一書

初三日晴

午後琴友來談夜過晦若得謂卿書

初四日雨甚涼

閱蘇詩竟日

初五日晴夜雨
昨夜耿〻不寐晨起即枕上巳巳始醒午後得俟念椿書所寄文催子即莫子偲所藏明本作宋本求售每卷前兩行均剜去以掩其迹殊可厭也還之

初六日晴陰仍未解
作祭伯夫人文一篇得高陽書

初七日陰
送琴友行沈子梅洪翰香來午後吳摯甫二范同來雜談明日有指弁寄廉生書並寄一帖一圖

初八日陰

候佺寄書四種，均不可留。留柳文一種而已。郋班卿來

初九日雨

過梅若略坐，得九弟書

初十日陰

得八弟書，寄玉海一部與光輩。寫祭文，訖夜甚涼，仍淤

十一日晴

復九弟書

十二日晴

袁啟之來

十三日晴

內人為伯夫人諷經三日從俗例也晚陸宣來得保山書

十四日晴

吳奎之父誄蓮池

十五日微雨

過范肖堂小坐

十六日陰甚熱

得鶴巢書

十七日陰

寄廉生書 賓臣來

十八日晴

夜聞入縣患霍亂擾擾竟夕

十九日陰夜微雨

盛杏孫來

二十日晴

寄鶴巢書 鞠耦已痛

二十一日晴

濮于泉自浙來志仲魯自粵來

二十二日晴

朱伯平自都來午後楚寶過談甚久楚寶梅村弟子故論文具

有招祇合肥姻戚中以為通人

二十三日晴

友山來得安圃書

二十四日雨

答友山

二十五日陰

寄安圃書

二十六日陰

白鏡江照一冊乃韓在墨筆花卉大光以贈李甲墨緣者三十年故物重逢不能割愛遂留之晚約楚寶來談

二十七日雨

曾臣翰香來談

偶檢金匱閱之張機仲景舉孝廉建安中官長沙太守書亦名金匱玉函經晉高平王叔和所編范史方術傳有郭玉華佗玉著鍼經診脈法傳於世佗臨死出一卷書與獄吏吏不受佗舉火燒之仲景所著

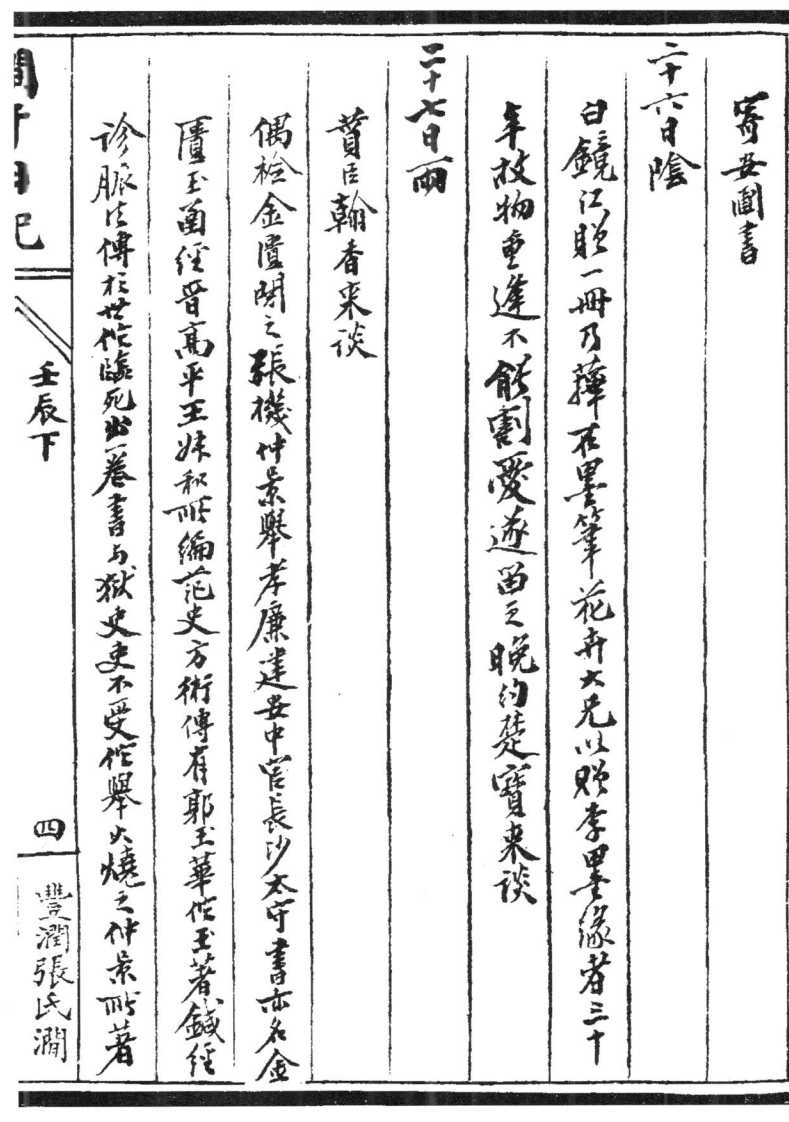

晉人編之而范氏竟不著於方術傳中豈以其學不足傳抑其書至宋
已不顯耶竊謂太史公作倉頡太倉公列傳以系醫學源流遂有深
意班氏沿襲龍門獨刪去此類以為高簡而醫學亡矣藝文志引諺
曰有病不治常得中醫此不知為劉子駿所引抑孟堅所增然臣子之於
君父斷難執有病不治之說以自解而病之在本原者可以不治二之病之
在外感者不治即死焉可據時諺而盡廢醫藥哉班氏誤設史例
致西京一代倉公之外醫派不傳承祚乃於國志列華佗及其弟子吳普
樊阿二人以遙接倉公一脈范史記東都一代自不能專以華佗了之甚
矣其疏也近日醫道日陋合肥因中劉之醫不足恃乃薦者詳斷醫而詳

醫之入中國者技殊不精且外國之長於瘍科而短於方藥凡藥皆古

自外洋華人不知其性殊非慎重之道也

二十八日晴

閱汪梅村文集其集中與戴子高書云中西諸法漢莫測以南豐

吳氏為指迷方案易戒夏目睇吳楚以宛溪顧氏為醒心講小學以

高郵王氏為洗眼禮講史學以嘉定錢氏為青囊散文以桐城姚

氏為長桑辭文以西漢為氏為折肱之良詩以新城王氏為岐黃可

知其學力之大凡文之㕛甘建侯書謂無益於揆其如治經無補於心

其如讀史經有十四則三禮毛詩為上書左氏次之史三十四則宋次為

要史漢三國晉五代次之又言胡文忠教人十書通鑑皇朝經世文編農政全書五禮通考紀效新書行水金鑑日知錄集釋近思錄方輿紀要張太岳集按公集頭猶有武備志籌海圖編孫子十家注蓋以方經武備也王錞議學術十書曰宋元明儒學案學案以識漢學師承宋學淵源記經術闡明四學編先正事略以學人之綱領也擬以五代十國宋遼金元明六代爲通紀分國政財賦文事及禮武備及重事國政及職官輿地及水利河防爲史鄭注以詞令儀注道里六項年經月緯兩略再加以輿圖小注以前人所未發也讀書必專攻能精必即東坡八面受敵法學者不必泥於注

說但就性之所近識大識小執一爲之久必有獲
二十九日陰與竹林大雨津微雨一陣而已
余向持論以爲國朝人之漢學大氐皆宋黃氏日抄王氏困學紀聞兩派而加詳耳可以儆明儒之弇陋不足以儆宋儒而項安世所著項氏家說則亦開國朝經學之先其說易及對音通臚率諸家即伊氏易所本也其說詩於押韻疎密及文例重韻則郝江段王焉阮雲臺論詩韻所本也其說周禮九穀則程易疇九穀考所本也其以說文說經則本於諸家均不外此矣然則所謂漢學者亦是宋人之漢學而漢之微言大義轉茫如迷耳

項氏又曰徐幹中論譏偽還文二篇前篇詆郭林宗之徒周行郡國刺候後學後篇詆徐孺子之徒遊學四方千里會葬者也幹為魏氏父子兄弟所激懟是當時人士譁說大率類此故魏氏之興乎交節義而為直人則辭之所顧亦已小矣庶勖賢于徐幹遠矣至論漢之人物則惡于幹因以韓稜陰助太守為當禁錮終身以皇甫規上書入黨為當伏大辟而謂范滂杜密徐穉郭憚皆為罪人文人爭名目在而世雜博文雅之人目以為當然師表而海內乃皆尚名節以趣壓心所不平因君之毀尤不忌日志而遠名士論以大辟則書節之言何足筆哉語殊遠快

七月初一日晴

晨起剡蓍布卦得大有之睽

宋元嘉十三年文帝疾篤劉湛說司徒義康以檀道濟立功前朝威名甚重左右腹心並經百戰宮車一日晏駕不可復制義康因矯詔殺之道濟見收憤怒目光如炬脫幘投地曰乃壞汝萬里長城其後魏人南牧帝復思之史亦深以道濟為冤業餘傳謝晦廢營陵時以道濟先朝舊將威服殿省且有兵衆乃召道濟以謀告之謝晦夜與其同宿道濟就寢便熟業廢立大事以晦之處心積慮尚且悚動不眠識天良之未盡澌滅而道濟處之坦然直是全無人心之丙

請正道濟引兵居前速殺之侍者傷少帝指扶之出閤檀道濟軍士為之謀每出於徐傅力則資於道濟科其謀逆之罪不審趙盾之有趙穿司馬昭之有賈充也討謝晦之役帝欲召道濟王曇首以為不可帝以道濟止於脅從本非創謀道濟至即揚麾自任以來陳可禽對視諸慕徐傅設弒逆之罪若已無與焉者而詐背不忏其狡也已具愚也元忌沉陰從逆焉能首免義康館之矯殺兄弟之仇不反兵所謂權而不失其正者武帝酖零陵雖義之弒營陽首尾不及三年天道可云不爽而道濟為宋大將視君如仇宜其不得良死也安足當長城之目哉

初二日晴
復清卿書
初三日晴
得高陽書知赴醇邸園拂青伯平亦有書至夜臨若楚寶
來談
初四日晴
復伯平書新吾自都來
初五日晴
張巽之自都來

初六日晴家忌

得筱荃文書

東漢之世矯節取名余所不喜如許武以二弟晏普未顯乃剖產自取肥田廣宅奴婢強者鄉里皆稱弟克讓而鄙武以此並得選舉武乃以理產所增三倍悉推二弟夫使前之獨取厚產二弟皆知其意是一家譎謀以欺鄉里而罔舉主也使晏普不知及其既得選舉乃自明以還之是武追於以矜飾為己說以釋二弟之疑也相率為僞與兄弟鬩牆者相去不能以寸耳趙元叔強通羊陟踞勢求欵曰舉聲哭陟遂奇之與袁逢共薦為及過弘農皇甫規門者不即通遂去規追書謝

之仍告不損一則冀其稱薦鼓動之以哭一則示其孤高敢絕之以書

首矯詐也禰正平襲孔融之餘風而不能先徹以居裸衣祖父非

華陀呈首規比遂致自殺乎雕矣

初七日大雨如注

端午橋工部方啓至初六今乃寄摺來新吾題之午後至晚載

之自滬來會飲留之夜飯雨小止之

津遠秘書收宋人題跋猶遺此愧蓋未見其集也錄其跋王伯長

定武修禊序云定武本凡端流帶右天五字全者皆謂在薛紹彭

之前並不能知歲月之久近然識善本王順伯謂是熙寧前摹拓

于中山者為可貴近見畢少董所藏董氏諸優閣本右為精好
目言為見時親在定武見青在本帯在天〻字已闕壞大觀再見
之至舊所見無異則五字未必皆紹彭劖損也更當放紹彭
在中山時歲月云近以五字損本五字不損本紛〻聚訟殊亦未見
樓跋亦

初八日雨晚雨止放霽

伯夫人立主午後戴〻〻𢖣子容茂才彭年來致廉生書
石宗詩闕〻張昌宗易之名攻愧跋章達之所藏此刻列武三思以下
十二人後有姓名殘缺者則二張之名劖削曾宋已然矣他日擬

以此跋錄于帖後以資攷證

余作莊子講義取蘇氏及荊公論之意以分別內外篇之旨後閱攷愧張近字莊子講義跋云太宰採莊生之深旨以成之遺意凡世人真以為荒唐謬悠者皆推引以通乎大理之意與余意見先後同撰張君名興祖廣漢人興字文與余小名同亦一異也

初九日晴

碩廷一來載之小坐即去

初十日晴雨相間夜大雨

吉雲帆來談

十一日巳刻雨止晚乃大晴

連日合肥夫人之靈擬殯於北河新浮橋之新宅以雨改期異義公羊說雨不克葬謂天子諸侯也卿大夫臣賤不能以雨止本朝諸儒如毛西河春秋傳孔氏公羊通義萬氏學春秋隨筆則皆援王制庶人縣封葬不為雨止之文在大夫士即無冒雨而行之理況殯又輕於葬乎及改期已決巳刻乃雨止漸晴矣

十二日晴

復高陽書載之來談

十三日晴

得邊潤師書曉仲謙來談以弟病狀解館南返卻之

十四日晴

巳刻賁臣來午後載之過談合肥治事日有恆課而吾輩讀書不能有恆詩文均無進境甚可愧也以後當自勉力歲月堂堂坐耗殊為可惜耳

十五日晴

王漢輔來送姪孫女回都也招孫山秋來署正之勞玉初邵啟卿同過談

十六日晴

戴之來久坐得仙蘅復書

十七日晴

午後至壯孫女舟中小坐寄江安圃及邊師書

漁洋十種唐詩選合唐殷璠河岳英靈集高仲武中興間氣集芮挺章國秀集元結篋中集失名搜玉集令狐楚御覽詩集姚合極玄集韋莊又玄集韋縠才調集及文粹古詩為十種諸家所選各有命意文粹以采入選唐詩萬首極博不名一格又非九種可比也漁洋乃強而齊之近於削趾適屨截鶴續鳧

殊爲無謂如殿選於姓名之下各有品題仲武亦然漁洋自應存其原品而加以按語著所以去取之故乃通體無一字之評無一語之按令讀者莫測其復選之奧妙尤不可解疑此書乃託名漁洋者果漁洋則可鄙極矣

十八日晴

午後戴之叔雅來子容將回南先行清卿至則已將飯辭之

侯念椿寄來蔣氏書目美不勝收索價萬金也

十九日晴

檢點書籍臨諸聖教數字頗有所得

二十日小雨夜大風

清卿來談得廉生兩書

二十一日晴乍涼

清卿索蕢幼以漢章詩作三絕與之寄書與誼卿料理蔣氏書力不能踐思擇一二以自娛

荊公之人之法之文余已屢論之偶從書肆得蔡元鳳荊公年譜考略於荊公被誣失實諸條記辨駁殆盡並主李穆堂先生說以司馬溫公諫青苗書蘇明允辨姦論皆為偽作亦頗有證佐蓋其意猶以溫公老成為重故不能不以為偽造而荊公人

品始可附為君子不得不為此孤掌之鳴自論青苗則移堂元
風日不嚴不以為執拗而以歸歐小蘇之說為是天下無兩是之
說三公是則荊公不是矣並則荊公蓋為其氏日放則所見者
小以以為可一縣亦可天下也繼則人言藉藉一改已即須去位不得不
力持之止此一念以至廉以新進賢良無不窮善荊公亦實為
而學與才不足而之耳神宗實大有為之主邀寵實亦有為
上時用安石以其學博惜其所操之術不過以此而所為者成者
又專以簡陋安靜為主與安石更張相攖之不相入荊公固非
而攻安石者亦未必是及溫公作相荊公之所行者或有成效或

有流弊並民間久之相安乃取一切法而盡更張之更張本不安靜而更張妥矣之更張以求安靜實則亦不安靜於是宋之為病乃益深矣荊與溫當分任其咎也替堂不敢序溫公不免游移其間而不知荊公之異於前政溫公之異於荊公皆私心也余而持此論因以論今日之政所謂主穩主激法皆因循以為是者皆溫公之類也所謂輸卑鑽營揣騖鋪張而舍國本人情於不顧者皆荊公之類也噫

二十二日陰午後始晴

前夕感寒昨夜臥不適晨興頗倦之申酉間載之來小坐即

去夜石楚寶來商明日送殯禮節
温公涑水記聞據玉照新志云元祐初修神宗實錄取引甚
多徐德占母事其一也按記聞十六卷載蔡承禧言禧母及
妻皆非良家禧事之妻先嫁後婚妻悍以淫佚自恣禧不
敢禁云云禧為魯直姊夫其妻即魯直之姊徐師川書所謂
八姊鄙吝者也安得謂之非良家而有遺行乎蔡景繁醜
詆之温公直書之未免誣人閨闥修實錄時范黃晁張
皆預之列山谷見之必當駁正何僅隱之妻事而仍及之
母事乎疑明清之言不確否則不徒謗史直穢史矣

二十三日晴

送伯夫人殯暫停於防軍公所内人歐吐作冷勉強成禮而歸

仲彭伴靈

二十四日晴

吳玉君秀才来慎生之族姪（名瑞麟）清卿許其薦北洋者實未薦也

寒士謀食覓之甚可鄙亦可閔也為書於合肥資遣之

二十五日陰

得吳壯孫書遷蕃心街与（阿六福堂同居）夜仲瑋来話

二十六日晴

戴三來談午後張巽之來辭行

二十六日晴

夜容民來小坐同過晦若談不暢廢然而返

二十八日晴

趙少屏炳琦來亮臣之子也赴廣州

二十九日晴

買李竹嬾六研齋筆記三種紫桃軒雜綴兩種皆抄本也

三十日晴

與合肥商去住合肥不願其去婉留之力不能踈情不可卻殊

帳盆也

六研齋二筆云曹縣張黃坡名庚為疑成今改築衛宇掘地得銀把林二上刻孔明佳玩四字後其家鎔以輸官銀趣侍〻碎不愛鎔而藏余謂此藝語也孔明佳玩四字即非漢時語以此推之亦相如犢鼻洪崖幞頭之比耳

又烏須髮方用豬板油一斤蜂蜜一斤核桃肉一斤好茶葉一盞共搗碎和合用錫罐盛之於飯甑上蒸熟每早匙取少許化滌水中服之三月鬚髮無不黑者此方亦平淡無奇不效亦無大礙任油蜜著錫罐中三月恐不能食矣

八月初一日晴

瑗楚珍孝廉珩来謁集賢生徒也晚翰香辭赴蕪湖

初二日晴

閱二程遺書朱子記云二先生記其所見聞答問之書也始諸公各自為書先生沒頗以己意私竊竄易家有先人舊藏皆著當時記錄主名語意相承首尾通貫蓋未更後人之手故其書最為精善後益以類訪求得凡二十五篇因稍以所聞歲月先後第為此書篇目皆因其舊而又別為之錄如此以見分別次序之所以然者後附錄一卷則行狀墓表之類也此本為呂氏寶誥堂

刊本藏書家以為佳刻

今之學者岐而為三能文者謂之文士談經者泥為講師惟知道者乃儒學也見卷六 余按談經能文四科之文學該之知道則德行也古之學者造詣各有淺深要以儒分為八耳

伊川先生云漢儒近似者三人董仲舒大毛公揚雄見卷三 不知伊川于子雲何所取豈以法言耶 游定夫錄明道語則云揚子於出處之際不能無過光武之興使雄不死能免誅乎古之所謂言遜者迫不得已如劇秦美新之類非得已者乎此說較伊川為正光武朝表章不仕莽者而仕莽者亦顯厠高位莽大夫亦未必見誅但儒者出處豈宜如

此蓋且立言豈宜如此謬妄作劉泰美新詩其心固已死矣

初三日晴

朱雲甫編修來錦昨夕得廉生書並寄聚珍三種劉彭城強村鄭集及周髀算經也明日適有摺弁北上書復之又得安圃書亦以一紙又得侯念橋來書有宋本新唐書殘千里手技求售不能留也

閱秦淮海集蘇門四學士如淮海者向特以詞人目之及讀其財用策兩篇所見乃超出宋人熙豐元祐諸公之表其上議新法也而其末云國家北有抗衡之虜西有假息之羌中有大河之費公私積宸

悉可爲塞心嗚呼人臣掊椎斂散以究盈虛以濟用度之秋也而恥用財用之事遂晉人而已矣晉人王衍者口不言錢而指以爲阿堵物臣竊笑之以爲此乃藉人故爲矯充盜虛名於婚世也何則使顧閱言錢不害爲君子盜跖呼阿堵物豈免爲小人哉晉人所清談而廢實務大氐類此昔管仲通輕重之權范蠡計然著之策蕭何漕關中之粟財利之臣也東郭咸陽之鹽鐵孔僅之冶鑄桑宏羊之均輸亦財利之臣也士大夫言財利者如東郭咸陽孔僅桑宏羊所爲也則不可有如管仲范蠡蕭何之所爲也亦惡乎而不可哉亦不甚取溫公一派其文雖不及畢西堂然議論識力

沾溉於子贍者不淺矣

初四日晴午後陰

有楷升入都寄安圃廉生書又作聯三一幅

瀛奎律髓余有英瑞草重校本移錄得紀文達評本文達之言曰文人無行至方虛谷而極周草窗之所記不忍卒讀之至其論詩之謬一日黨援堅持一祖三宗之說一字一句莫敢異議一日攀附元祐之正人洛閩之道學不論其詩之工拙一槩引之以自重一日矯激詞沙富貴則排斥之加以惡類幽棲則吹噓備至甚且託清高以自掩其穢行凡此數端皆足以疑誤後生瞀亂詩學不可

本無加刊正海虞馮氏曾有批本曾於明人姚考功左垣家借閱硤虛谷左袒西江二馮又左袒晚唐兩家相激負氣詬爭遂併其精確之論無不深文以詆之矯枉過正之未免轉惑後人因於暇日細為點勘別白是非命曰瀛奎律髓刊誤方氏之僻馮氏之激或庶乎其免耳文達以校四庫書不暇專意於詩而論詩極為深遠余學蘇而蘇之大概未敢以為精練觀文達之論六一云蘇詩大勝於七王是大必為文忠悔臣屢之迴護精近斯格矣此評不至晚唐之不至西江學詩者可以為法

學杜須從義山入半山說也學杜須從山谷入虛谷說也文達主半山

而不以屢空為並余遊服膺此語

初五日晴

昨夜得沈丹曾書先是丹曾過津欲為余及伯潛聯朱陳之好言之再三余以兒子頑鈍且恐伯潛叔於其鄉議未敢輕聞名也丹曾力任之至是書來雖允以舊交而成姻好從此昏嫁願了庶可作禽向之游乎伯潛有來津意作電詢之

閱初月樓古文緒論呂月滄述吳仲倫語也呂君璜吳君德旋其論桐城三家極推姚惜抱乃略學桐城者品第乾嘉各家均有識並亦有過當者如袁簡齋文不如乎小說朱竹垞敘事文較議論為優但少風韻之

類是也竹垞不循八家之轍學問淵懿議論風韻均佳惜不選剔一番使人讀啟牋之體闌入散文中遂為古文家所擯隨園小說家下乘其文儘有佳處非劉姚所能到不必務合之也

史記如海無所不包亦無所不有古文大家未有不得力於此者韓文擬之若江河耳　古文善用疎莫如史記後之善學者莫如昌黎看韓文濃郁處皆能疎柳州則有不能疎者　史記於左傳長篇只用一二語敘過正是其妙處須知質而不俚只要敘得筆如道家常所以高耳　此三則論史記而又曰歸震川似史記豈震川勝韓柳乎震川不免小說氣才學識均平之無二千年事供其敘

述豈能任龍門肩背乎

初六日雨意迴然沈陰竟日

仲彭回署將南行也得戴之及八弟書

初七日雨

午後過仲彭步談夜仲璋過齋中小坐來祥撤回

初八日晴

萱庭來遣王升回里經理祖墓一切

初九日陰

至防軍公所一行復八弟戴之及柳質卿書

初十日晴

鞠耦自昨日赴伯夫人靈所踈徹夜不寐孕甫五月忽然漏血延醫吳江盛星山孝廉鍾岐常州陳鞠生劉雨人兩茂才及李誠甫同診陳名廷儒劉名鑑李名怀仁後察之非孕也擾之幾及半年

十一日晴

内人病未愈中西間頗急入夜少平

十二日晴

内人病稍愈得正孺書

十三日晴

內人病如昨

十四日晴

內人病已晚仲琿來話

十五日晴夜月色時明時暗

有差弁入都寄復已攜書並以脩敬與鶴巢夜不成寐

閱徐靈胎醫學八種頗有所構惜老矣不能從事於斯

既相長醫內不易為也待澗眉子歛研一方

靈胎篤信神農本草按漢書引本草方術而藝文志闕載賈

公彥引中經簿有子儀本草經一卷不言出於神農至隋經籍

志始載神農本草經三卷与今分上中下三品者相合孫淵如偕其
從子馮翼從大觀本草錄出之記曰醫不三世不服其藥鄭
康成曰慎物齊也孔沖遠引舊說云三世者一曰黃帝鍼灸二曰
神農本草三曰素女脈訣康成周禮注云五藥草木蟲石穀
也至治合之齊則存乎神農子儀之術竊疑舊說以素女脈
訣為一世恐不足據當是世官之意也 於士王子愷為古農之子愷為農

十六日晨晴午後陰
寄九弟書商治家祠祭器夜有所感不能成寐是日得禹階復
緘論合肥贈公專祠立傳謝恩事

侯朝宗有金陵贈范司馬七古一章賈靜子開宗曰崇正十一年景文為
南司馬是歲相楊嗣昌太子中允黃道周論之下吏御史成勇救道周
并逮勇景文會諸公郊申救不得去任十五年赴召相燕京陷死之
按侯子己卯在金陵是時景文亦以司馬去任寓金陵而贈之也徐
恭士作書曰崇正三年景文佐司馬駐通州侯子父司徒公佐司馬鎮昌
平五年景文去司徒并逮為代之與景文素善九年司徒當溫
體仁薛國觀所忌下獄久不解景文蓋嘗營救之也寓金陵及營
救侯司徒范文忠集似未詳姑記於此
讀楊子法言宋人所以尊楊子者以其漢儒而好論名理與宋人學

閎相近，至漢公〻艷稱〻謂自周公以來所未有勤勞過于阿衡

亦〻以為危行言孫〻則有〻所謂寂莫援閎清淨符命亦

危行耶？直不可解也。雄本文人，罔知名節，言理亦極平淺

法言何足以擬論語，彷述其辭，辭賦〻習，華辭而已。其稱史公

為實錄，又曰聖人有取而頗〻以愛奇見非，史公微指，及歷論

名傳率以三五語一二字該〻自謂簡妙，實則皮毛，見不足

以論史公之深也。語〻推定孔子，宋人便以為得聖道，正其義於

藏拙。屢自云制律不如宏恭，草奏〻不如陳湯，以大儒而為官者

穀，重宏、陳並稱，知其全無分曉也

十七日晴

得家書

十八日晴

黄、蓀生自鄂来留之便飯始去午後得戴之書

十九日晴

蓀生来談買宋學士道古堂集（余篋中集部最少）

二十日晴

鞠耦病愈童煥之来談午後蔣性甫太史来見名武𤧚与先言同年

賡生從子之丙兄玉田人也其胞叔祖默倫与 先人己卯同年官完縣

教諭復王初書王初爲錄范文忠遺書拉跋來夜得排敘一紙

二十日晴

得康生復書寄宋鳳墅石刻禊圖來以二金得之鞠耦酷嗜蘭亭得此頗可喜勝以明益藩重刻禊圖則八金矣

買影元抄千金方一部價六金日本人所影抄

樂山書來欲援灤陽鎮戍添練河屯協兩營之餉爲酌定古北口練軍常駐蘆台熱河地面遼闊腹背單寒非設總兵不可僅練兩營乃因陋就簡之計恐合肥尚不以爲然以餉無所出耳

邊防並重平時專重海防及有戰事又主和議此何策也

思之可笑

二十二日晴

季和以迴避其姻姪大理追劾所款山中樞府之所忌者由副憲左遷之迎鍊香亦已同時建言諸臣零落殆盡矣

二十三日晴

永寶偕郭劉二姓來留道因碑一本永義從之字尚完 按稱宋拓索二百金又六如衡山兩圖西涯 兩卷價均甚昂 堅置齋頭而去 姑以之消遣半日 張巽之為跋薛曜封祀壇碑不及石淙詩序之清楚矣 鏡汝來小坐片刻

二十四日晴

陸蔚廷自粵來午後答之一年已過一月閱人竟不能勞可慨也

二十五日晴

寄九弟書箸彩寄於西亭託來

閱陸清獻年譜先生論漢書之失有云儒林傳敘西漢獨詳而於毛詩春秋二傳甚略毛公及公羊穀梁子皆不載其名及其授受尚書自伏生以上亦絕不知其授受余夙論如此不意先生竟先言之近日動謂道學家空疏殊未盡也攷據家護前之見太重處處推尊漢學於班氏語語極為曲要不知史書乃撰於

而成於經學並未入明故言之疏漏太甚史記儒林叢之郤
當時博士具官而已今別矣不若班之粲雜也別有儒林
傳仍正詳之
陽明之功本不必以講學重然既有陽明之功豈言其行議者亦
自可覺假为苟王學如湯文正國勗諸之太過湘王學如清獻則
只從之太嚴看客氣也應潛齋子曰陽明之功譎而不正詭遇獲
禽也曰陽明自少馳馬試劍稍學無師而堅於自用於一代名臣
必欲利濟求難諸文周內趨非與人為善之旨必如此而後為程
朱入室弟子無怪愈確愈隘遂空談心性而不知世事矣

三魚堂有致谷老師霖蒼先生書二札年譜先生以順治十三年補博士弟子員時谷公爲提學也較以曹之識何義門爲不侔矣而邑志遺之 西堂來久談小飲二結之通閱稿

二十六日晴

寄張槃之王廉生書以望海亭記寄先言晚自瑣瑣截之而去

均論買書事

二十七日晴

復戴之書午後貲臣來話

閱亭林遺書亭林詩頗得杜意文亦不俗洵學人第一流故也

鄉縣論九篇言之反復鄭重不免迂闊難行轉致傷無益於人之疵病以此知立言之不易

二十八日陰

寄九弟書　士周來談攜戴子輝前輩書一緘午後閱舊拓一二種若詩若文若書於近日有悟境而不能如少年之精專心緒筋力均之蹉跎半世一事無成奈何奈何

二十九日晴

寄鶴巢書

得鄧道鄉集乃道光間刊本李申耆任校刊而刪節外紀入年譜

中究不如依舊本全刻為是也据振綺堂有宋刊本惜刻時僅據明萬厤本耳外紀乃道鄉留孫出允所作萬厤本始有之刪消無礙

三十日晴

吳賓臣來時方恭釗已到吳將卸道篆也申刻蒯而人秀才來晚得樂山及八弟書

買得朱休度壺山吟稿朱字介裴官廣靈知縣秀水朱稼翁之族孫也其極鴻謂其詩貌近宋金而晚律之細亦入老杜之室鴻著有杜詩雙聲疊韻表即本之介裴故介裴亦以雙聲疊韻為詩並詞格則不甚高

九月初一日晴

復樂山書永詩由都來晚約仲韡来話玉初書至以藝文類聚大字本復校引管數十條此王氏原本也夜檢褚聖教鴈塔三本兩明本一拓本劉燕庭細勘一過鴈塔定在同州之上以同州為佳者賈皮相之見也

玉照新志石才叔蒼舒雍人也與山谷游從尤妙於筆札家蓄圖書甚富文潞公帥長安從其借所藏褚遂良聖教序墨蹟一觀潞公愛玩不已因令子弟臨一本休日宴僚屬出二本令坐客別之客盛稱公者為真反以才叔所收為僞才叔不

出一語以難任笺啟灉公曰今日方知蒼餘孤寒灉公大哂坐客赧然據此則褚之墨蹟北宋猶存惜灉公不刻石作別本而傳於一贗迹也並今日果得文氏臨本亦瓌寶矣

初二日晴

袁偉庭書來薦梁如浩肴留意製造屬余見之香山人字孟亭二十二歲從陳

副憲蘭彬出洋詢　午後永詩來談李鑑甫為伊人一診脈甚超云云陳已識矣

贊臣來訴得安圖書明日有摺弁復之並寄還忠義堂顏帖

雨

閱長短經校定別管者惜宋本已經校改讀畫齋本照迭不盡可據矣

初三日晴

午後復吳誼卿書又復八弟一函時弟有卸當陽之說

初四日晴

午後吊唐景星復趙菁衫書閱癸巳類稿一冊

陳定九鼎東林列傳用意甚閎激勸而體例殊未盡善其紀崑宜附列傳之後東林碑目龜山有宋諸臣止須撮敘列爲首卷亦屬無謂其中本非東林而忠正者則進之本東林而晚節不終者則去之殊涉袒護至流爲二氏如熊開元姜埰方以智輩因老而爲僧亦一隱不入尤屬無理二子之爲僧

不欲雜髮易衣冠也較殉節者次一等則可豈得謂之叛異端乎余作漢黨錮唐牛李宋元祐三表以慶元黨禁東林列傳均有成書不假屬意今睹一編閱乃偏激若此似宜重為補正以存信實蓋當日東林聲氣太廣賢愚不免雜糅無所用其迴護錄正人以見東林之實有根柢錄僞士以見吾道之未詳攀援斯則勸懲並寓楊激藁施但為公論耳

七錄者天鑒一雷平二同志三雜稗四點將五蠅蚋六蝗蝻七或有餘人或二三百人或多至五百餘人與東林黨人榜並攷

當有可觀（余僅有點將一錄耳）

初五日晴

樊介軒自浙來午後得伯潛書寄左海集一部（即作三紙答之）

寄樂山書論幕友事

閱黃漳浦集集有書管子後三章於仲不甚滿意而公年五十五

還山守墓以前疏批旨有另用之語乃於石養山中墓廬之上剏

構數椽左曰十笏軒辟閒從置真曰管葛曰鄭董（子產 廣川）曰吳郭（季札 林宗）

曰晏丙（平仲 丙吉）曰張李（留侯 鄴侯）曰黃王（叔度 文中）曰田羊（田疇 祜子）曰疏魏（廣 節）曰

管陶（幼安 淵明）曰邴皇（邴原 皇甫謐）曰申阮（申屠蟠 阮孝緒）曰梅張（梅福 張楷）曰周

沈周（磬沈／麟士）凡二十六人右見九章閣壁間條置其曰屈賈曰魯李
（仲連／太白）曰宋王（毅／猶）曰劉韓（向／愈）曰汲魏（長孺／鄭公）曰黃張（黃霸／乖崖）曰五
馬（第五倫／馬賓王）曰高蘇（高允／蘇頌）曰謝李（安／綱）曰王曰（右軍／米芾）曰陸蘇（宣公／眉山）
曰宋范（宋璟／文正）曰裴韓（晉公／魏公）曰張趙（曲江／清獻）曰李馬（李絳／溫公）凡三
十人又以管仲居首至五十六人之不甚相類公自別有取意
不敢妄議惟以嚴旨申諭采以名其軒閣究屬非宜此等處
少不免稍涉意氣耳（此本乃陳恭甫所輯）
初六日晨起微霧旋晴
巳刻介軒復來留之便飯粗具雞黍而已飯後送之登舟至經

堂一轉而返寄蔚廷一書

初七日陰微雨

昨得秦生書借礮艇其姊婦王貞女過門將還鄂渚也作一函交艇弁午後為陳光攷賦一篇艱澀之至

張文潛柯山集讀唐書四首其論裴晉公李衛公以晉公中和衛公矜才快意故安危不同此亦處世有得之言並以晉公處宦者劉承偕長流衛公誅郭誼為說則不甚相類夫劉承偕有寵于母后而劉悟以其監軍積侮為言耳罪本不至於死也斬之則傷母后之意流之則足安藩鎮之心是亦

豈笑悅度先請斬後云不能斬則流之。是逆揣憲宗之必不
斬而故出于流也。此在度特無甚關係之事，不足以當其
生平。澤潞乃武宗、衛公君臣一生作用。衛公云劉稹小子安
知反逆，故教之而終責稹以求生乎？斬之當。藩鎮積重
之後，不赦稹則是以杜子弟自為留後之風；不赦誼則是以杜將
佐相助為虐之禦。衛公據之顯矣。以為示忍而赦之者，一孔之
論也。獨牛僧孺同劉從諫誠而欲衛公搆成其往來之
迹，迹於抵隙報憾，積失雅量，並當日有無往來，亦難此決。
要之晉公遇文宗故恩禮不替，衛公遇宣宗故貶謫橫加

于州堂石影

氣運為之不關其處季之秘有刻也猶如公於宦者相不敢

稍示懲創亦已見亦時便季之橫矣

初八日晴

摺弁回得廉生以書冀北寄李字元押一枚閩李辰七方

歐陽通師相武后月餘以張嘉福請立武三思為太子通與岑

長倩固執不可遂忤諸武為酷吏所陷被誅其忠於唐室不

愧世傳乃不入宰輔傳而附之率更傳後事實寥寥新舊一

轍忠義為老友所掩歐陽文忠宋子京之史識何亦可議矣

舊傳通少孤母徐氏教之父書每遺通錢給云購汝父

書迹之真。通慕名甚銳，晝夜精力無倦，遂亞於詢。新書則云母徐教以父書，懼其墮，嘗遺錢使市父遺迹，通乃刻意臨倣以求售，數年乃亞於詢。由舊史之説，將綜言父書可售錢以榮其子肄業耳。如新書所云，則先賣詢之書以取利，後仿詢之跡以誑人，此母子竟是販賣偽書畫手段，何以稱爲賢母省子乎？不知何所據也。因閲道因碑併駁正之。

初九日晴

改賦兩篇

初十日晴

至防軍公所小坐聊以遣悶晚與仲瑾步談

閱遜志齋集乃康熙間淮南俞氏本也燕世子仁厚其弟高煦

夜謫有寵嘗欲奪嫡正學謀以計間之白帝遣張安賜世子

璽書世子不啟封並安送燕王此計可云迂拙年譜載之明史

即據之作傳余以為遜國諸臣事實被之禍刪削殆盡此

必非其實也譜於俞斌以莊東簋稱之而傳則云方氏容臣

倘言於官不知俞氏於康熙間刻書何尚沿其謬誤孫詒讓

家有三十卷本與通行之廿四卷者編次迥殊惜不可得見要

之正學一代孤忠未能稍有展布並其欲復周禮之宏之

說恐亦不足信耳

十一日晴

合肥云仲良劉康又賞假聞孝達有請覲之說承詩來話

借蘇子由古史錄其管仲傳一篇古史直不足取更滌蘧之作通

志皆宋人之謬也

孫慕韓自浙入都少談欲往答之以冊在大王莊不果得九弟書

十二日晴

閱後漢竟夜慕韓贈武林掌故叢編十四函乃杭州丁氏所刊丁氏頗

有藏書惜所刊有井蛙之見不足與鮑綠飲作僕隸也丞冊一談並

晤仲璵時已泊吳楚公所後滙美成正田者

十三日晴

伯衎由日本回至徑堂信之湯伯述曹藎臣來話

十四日陰

晚伯衎來談得高陽書

十五日晴

寄廉生書交差弁吳贊臣來談河工薄莫秦生來迎其姪信成聘室王貞女過門守志舟泊鐵橋下夜步村登舟答之

十六日晴 鄧班卿午後來話

苗秦生午飯寄本甫復書以三十金寄吳壯孫以二十元詒貞女

晚陳容民來談劉義甫自粵來得九弟書

十七日陰

午後李篁農前輩過談梅若亦來坐至一時許無甚要語

蓋篁公素性如此秦生乘輪南下夜挑鐙獨坐不覺惘然

十八日陰

往答篁農學使小坐即隸伯平奉其太夫人來津午前過我答

之未值夜作復高陽書論畿輔水患宜疏通海口

十九日晴

伯平來談得樂山書復九弟書後午後不能穩卧閱檢舊書聊以破悶

二十日晴

夜閱宋學士集景濂之文雍容渾穆為有明開國文臣之首年六十八致仕而誅可云進禮退義矣乃因其孫慎陷入胡黨太祖欲置之死地賴馬后懿文營救始得遠徙茂州竟卒於夔去致仕僅四年耳使其遲退不去庸知不如青邱輩之竟被刑章臣服登之仕宦實為畏途子陵之不仕光武非無見也

二十日晴

撝俊卿邸西窗回幕

魏收北魏書當時目為穢史　提要於北史收傳所詆各節一一均

為辯證謂平心而論未甚遠於是非即北史收傳論亦云勒成

魏籍婉而有章繁而不蕪志存實錄探史通覈指斥魏

書今具錄之題目篇云魏世鄴國編於魏史者於其人姓名之

上又列之以邦域申之以職官至如江東帝王則云僭晉司馬叡島

夷劉裕河西酋長則云私署涼州牧張實私署涼王李暠可

謂滋章之甚矣采撰篇云沈氏著書好誣先代而收黨附北朝

尤甚南國遂云馬叡出於牛金劉駿上淫路氏可謂助辭爲虐甚
人之災斷限篇云當附本朝後編嶲前作遂乃南北議與午北吞諸
僭伐於群盜盡入傳中但當有晉元明之時中原秦趙之代元氏
膜拜稽首自同臣妾而反列之於傳何厚顏之甚耶雜說中云
劉氏獻女請和太武以師婚不許此言可恠何者江左皇族承鄉一
居胏萊司馬劉蕭耕王實出於此命氏或趙自傳曰一諸桑乾
有成其竊比皆魏史目述非他國所傳北之重南其禮如此
安有居己亦昏疑而不納其言何謀不宗甚哉曲筆篇云魏收
高目標舉拘失臣多而李氏齊書稱爲實錄者何也蓋以重

規李百藥字此考未達伯起以公輔相加字出大名李同元數阮無法

果報故盧美相酬並必謂非公知雅意不信也讀日明史為賊敵

所可服者至謝之抗辭不撓可以方駕古人而魏收指論激揚稱

其有懟臣直不彰其罪而體辭其誅蓋由君懟者深不隱郎筆

當時家有假手史臣以誣飾為恥不亦何益怪古人之甚也乎

其他以之指摘不一而足蓋知幾之於佛助直深忌而痛絕之矣大

致惡其重北輕南知幾彭城人不免町畦未化也夫南指北為索

虜北以序南為島夷南北諸史都不能免此惡習何獨痛

詆佛助史通識論縱橫微傷憤激此亦其不平之一端放

二十二日陰

王福目籍來琴生舊僕錄之籍中伯平昀行均來談

張南軒集論溫嶠得失謂其絕裾而行將毋命豈無他人其意不過以江左將興奉檄勸進徼倖拔富貴之捷赴功名之會耳此論甚謬嶠蓋功名之士觀其全傳初則稱王導為夷吾繼則推庾亮為盟主平蘇峻之後推奉陶侃其謀發於嶠之從弟充侃未即下嶠遣使謂之曰仁公且守僕當先下去已二日賴毛寶說之嶠將改書所以然者以侃亮有嫌耳此豈乃心君國所為哉至其絕裾而南則非徒赴功名之會亦慮有避禍害之

心其時號已失勢依段匠碑峪榮其不能存者必為匝碑所
害故藉此自脫昔請於縣亦非誠意特藉之自解耳蓋其人
總有機智不獨王敦錢鳳在其算中即王導庾亮陶侃亦
落其度內嶠稱錢世儀精神滿腹可以移為嶠之傳贊
發憤如此豈待其犀燭燃於稠座不但永年哉觀陶桓
公表稱其忠謀著於聖世勳義感于人神似余說為過
刻然此表亦見嶠之待人以謀也於太真之赴國難大氐推
崇庾亮之意居多觀其數戰皆北使非元寶有謀以保
為盟主難還廷登舟何益哉

二十三日陰

昨夜因子文病篤晨起延醫胡診治擾擾竟日

二十四日晴

得戴云書知臣回上海因子病殺昨日略平尚未痊後迎夜不成寐廉生有書論道目碑

二十五日晴

南中寄新蟹至合肥持螯共酌薄醉解愁仮卿來談

二十六日晴

承翁来因人病痊心境略暢

二十七日陰

復廉生書高陽請假以前書卜之似有感冒馳牋候之夜

得巢山一牋

二十八日晴

巢山偕任慶至附復巢山書

二十九日晴

有摺并入都復鶴巢書

十月初一日晴

鞠耦大愈李怡庭杜心垣自南致書帖來午後陸伯潛世泰自都來謁月湖師之從子也得宗載之書

得黃蕘圃舊藏影宋管子抄本（十二卷以下黃氏補抄）元本千家注杜杭董浦續禮記集說抄本明初刻貝清江集四十卷足本（萬歷刊本三卷康熙桐鄉金氏刊本十三卷其本有天台徐一夔序乃平子翻編刻者邵目僅許氏有四十卷抄本不多覯也金刻亦足本邵注誤也）

初二日陰作雪未成

鄒岱東以家庖甚美獻於合肥招余及甯堂晦若與諸子孫輩同嘗之大致效隨園食單有意出奇非真知味者坐無酒人陶並自酌之半醉矣

初三日雨

陸伯澧來談

初四日雨甚大

李杜米議書價擬全取之得秦生霍貞女到鄒婦姑相安

長吉之詩杜樊川敘之謂使賀且未死少加以理奴僕命騷可也

劉須谿駁之謂樊川及後稱道非不極至獨惜理不及騷不知賀所長正在理外董伯音亦云長吉詩深在情不在辭奇在理不在色至謂其理不及則又非矣詩者緣情之所非談理之書顧而言理則有理幽而言理則有為不必依於理而不能自已於情之所之則為詩如以理為詩直名為易與禮不得名為詩騷之天問大歌風之十五國蔡律之以理所存者蓋寡如以君臣理亂激發人意求賀無有則荣宮體謠黃家洞猛虎行呂將軍榮華樂假龍吟龍夜吟數十篇皆隱約諷喻指切當世恨讀者之不深殊不能知之矣此皆推尊昌谷太過且亦未喻樊川之語意也王琦琢菴爾駁須溪

引宋潛溪之說謂之醉々箭々腥々而於長吉精神樊川評騭亦未之解樊川精於詩所謂理者即老杜孰精文選理之理奴僕命騷乃世人推許之論杜則云蓋騷之苗裔理雖未及辭則過之甚杜已就世之說長吉者翻進一層謂其理不及騷而辭已過騷推崇如此尚有疑於樊川之不足長吉耶夫長吉之詩從騷得法而理不及騷者年為之境為之時代為之此天限長吉耳不足為長吉病

余篋中有王琢崖及姚 協律鈎元本姚以吾本叢集目附之意故日鈎元並所見尚未盡愜擬暇日一評點之焉 所評長吉至謬者今為一編並正之未暇耳

初五日晴

約楚寶來談

閱劉孟塗集六桐城派也有與儀徵相公論文書大致以儀徵不取望溪因言震川熟史漢學歐曾而時藝太精不能不囿於八家望溪之辭與震川同然其大體雅正可以楷模後學不得不推為一代之正宗學史漢者由八家而入學八家者由震川望溪而入則不誤於所向並不可以肆非常絕特之才必也以漢人之氣體運八家之成法本之以六經參之以周秦諸子則所謂爭美古人者庶幾其有在焉蓋以頌儀徵也其論駢體也云駢中無散則氣壅而難疎散中無

駢則辭孤而易竭，與余持論相合。並觀其散文，才氣縱橫，而失之俚，不卓骨不堅。駢散亦互為意，矯俗目以為取法離騷，實則淮南抱朴一派，亦慊未能遒健。所謂駢中之散，近於弱散中之駢，近於浮。蓋欲效望溪之薄弱而多用駢以驕其氣，而不知其筋脉之相似，實為之病也。姚姬傳稱其文命意遣詞俱善於鍛微，去吾鄉古文一脈，歷不斷絕，殆指其少作而言。觀其論阮文達之說而竊取古文辭類纂議論以先秦諸子六經，殆欲豎門面而已，實未能有所以得也。觀其致韓桂舲、陳笠颿、曾賓谷書，均未得而言，近於江湖游客之派，時又錯學昌黎上宰相書，而居之不疑者是則

惜抱所不屑為者矣

初六日晴

伯潛回都志仲魯以道員分發江蘇來見即乘輪南下矣

穀人祭酒以駢文著詩亦有聲蒲褐山房詩話稱其詩才超越繼朱查杭厲之後隱然以浙派目之覃谿先生之序獨目予之謂君以少陵而他人之知君者目以樊榭並樊榭一生精力多在南宋而以鐵厓樂府神趣行之夫鐵厓不及道園而以樊榭與鐵厓校量已露單寒之狀則何也詩家之韻味與考訂家之研覈途不同也與他

仍模杜未深耳杜非髭似之謂也義山以移宮換羽為學杜是真杜也山谷以逆筆為學杜是真杜也七子之襲杜者饕餮而已則無執守之則泥非徹三百篇以下字通之故者不可以襲杜非歷宋元以來諸家之利病者不可以學杜此不傳之祕也君定笑而許我否余謂雪軍豬論樊榭當矣其由虞黃入杜是雪溪諸境了數人無論祭酒詩才筆不雄其樊榭乃遠有孩老杜諸詩五首如嘆時風雨雪拳搏地赫天荊戰骨模入穴以時林破竹樓橋有將猶模之才不免失之攤餘頭碎亦未涉杜藩籬也然則雪軍豬之參設屬道情仰蕭橘山房之品亦非治南宮評耳浙派中如竹垞樊榭

各有獨到處亦易梅響也

初七日晴

張小船崔琴友來（琴友自南十年歸至）鞠耦之病小有反復悶甚

夜不成寐

至正直記載虞邵庵之論云一代之興必有一代之絕藝足稱於後世者漢之文章唐之律詩宋之道學國朝之今樂府亦關於氣數音律之盛其所謂雜劇者雖曰本于梨園之戲中間多以古史編成包含諷諫無中生有之深意焉是亦不失為美刺之一端也楊此論出於邵庵恐未必確即以文論元之今樂府不與漢文唐詩宋

道學註乎直起謬說也何關於一代之氣運哉余謂一代之興必有一代之絕勝獨至處不在文章之末也漢之興以法律唐之興以政典宋之興以禮教元之振古鑠今實以武功觀俄國亞大強盛如此而當日並入版圖可云武矣至於漢之經術宋之道學則爲晉之清談目為一時之風氣謂漢以經術治以經術亂宋以道學存以道學亡皆文人之意為之說不值一哂也豈經術明則能多通儒道學盛則能多正士其人心風俗自有相維於不敝者所以享國久長非若祖尚玄虛之再傳即亂是亦有世運頗有關係若元之曲則有何關係乎鄭孔行業之於撰述之

郘庵耳直記多識彙詳甚至至排續壁蠕婦女妙妥諒忍底細
列於藩殆安人也

初八日晴晨有風

借宋本周禮五冊欲以嘉靖本對校亦暇也晚得宗湘電八弟因服涼藥病危甚急万狀馳電載之赴富以備不虞

初九日晴

晚琴友来談永詩自保定来

初十日晴

得滬電八弟病稍愈載之十一日由滬赴富陽合肥幕中延黃介臣孝廉舉人祖戴乙亥乃松泉編修之從弟也許桓

及汪柳門所薦耳

十一日晴

得吳誼卿書復高陽廉生書

十二日風晴

查孫來午後晦若約談少坐即返

十三日晴

張紹華來以陸伯澂属之

十四日晴

寄都中豐舫蔚廷廉生鶴巢書李杜之便也

十五日晴

仲彭由合肥回往返兩月得孝達書論鑄政

十六日陰

於蘭駢之西屋安牀位置略備以北宋婺源本周禮校录請本

十七日陰

得洪翰香章頌氏劉巘夫書

十八日陰

劉映〻藜來永詩之弟也欲出門倦嬾而止

十九日陰

袁啟〻來得九弟書復馥夫翰香頌臣各一緘得載〻電八

弟〻雇卸富陽又生一女十四日亥刻慶姬所出

二十日陰

九弟寄祭體一箱來作書復之李仲仙觀察來入都候簡

也

二十一日陰

介軒寄九曜石拓本来並得高陽書夜得都雷允言又舉一

男

二十二日陰有風

永詩来馮仲治由河南還都過此時服木蘭毛荔孫来自都

明

二十三日陰

過永詩其女為允夔之婦出見踈安將返都也聞甚夜被酒

校周礼一卷

二十四日晴

復高陽書

湘年日記

子州堂石影

二十五日晴天氣稍和

杏孫來論孝達鑛廠事校周禮卌卷

二十六日晴

夜復介軒葛慕韓書

二十七日晴

得八弟書病初癒侍枕作知富陽文卸府委代理新城勇衍慶

歲而已

二十八日晴

仲濟携書四十冊皆精品選余為之鑒别最佳者大[illegible]

壬辰下

五十

山水一幅程青溪棧道圖上有氣魄解皆王惲戴諸賢

卷冊同題楊亦能健尚須醫藥不及從觀細賞也

二十九日晴

余生日忽忽又一年矣是日校周禮後

三十日晴

過仲儒遇楚寶略談

崔浩之禍因由國史然魏世祖後亦悔之有崔司徒可惜李宣城可

哀之語何至盛怒之下夷族及其姻親浩傳第曰真君十一年下詔

誅浩其後敘浩毀佛經害李順以示報應而已北魏書李順傳已

比歿之北史順死後數年其從父弟孝伯為世祖知重居中用事
及浩之誅世祖怒甚謂孝伯曰卿從兄往雖誤國朕意亦未便
至此由浩譖毀朕忿遂欲殺卿從兄者浩也浩之讒順通鑑
皆知而孝伯宣播帝語明是掩其傾浩之迹矣浩之族孝伯有
力焉浩傳敘其夢云餓而順弟息號哭而出以戈擊之悉投
於河是隱指孝伯輩也高允傳浩之被收也允直中書省恭宗使
吳延召允入仍留宿宮內翌日恭宗入奏世祖命允驂乘謂曰入當
見至尊吾自導卿脫至尊有問但依吾語允請曰為何等事也
恭宗曰入自知之既收浩之事恭宗頗問何極力為允脫罪曾不

為浩一言恭宗之聽自撥浩實補救使與浩相得諒不至視其族滅極不申請涼州之役李順等言姑臧無水草恭宗亦有疑色及世祖至姑臧以澤草茂盛詰恭宗疑此語乃浩為之恭宗能謂實臣以為言者何面見帝為辭而已浩之智已萌於此是則浩之禍實萌於涼州一役違衆建議以氣陵人也第不解伯起作史之日何不直敘其事豈其詳於李順傳中而今佚之耶要之浩之罪高允所云犯觸罪不至死之諫得之當時世祖震怒於上太子坐視於下樞無一人為之申理必別有故而以浩之三世寵眷倏忽誅夷又可慨並於仕宦之為畏途也

十一月初一日晴

仲儒來与之偕至晦若處略坐復安圖書並寄鶴巢一函

王敬則以高武舊將起事百姓擔篙荷鍤逐之十餘萬明帝之族已篤東昏至急喪欲走少日而敗豈武進陵竟無靈與本能假手以復金翅食小龍之仇哉蓋蕭鸞詭為精忠而敝則初非能忠於故主者其反也對以張瓌平東之歸咄咄相逼謝朓復謀徐孝嗣晉安倉卒而起遂甚至會稽後心懷憂恐盡自安之策和宋曾處以積慮為高武子孫亦以舊基也其為高

武討昭帝目是叛黨敬則兩興乎弒豈能合其成叛黨之名
此中蓋有天焉蕭子顯乃高帝之孫親見昭帝弒戮固宜
慘按於敬則之叛亦有幸詞於敬則之兵敗有惜詞實則
明之戮高武子孫爲齊之害宋宗室何異所謂天道好還疎
而不漏者劉忠於宋而不能救宋之亡況敬則之於高武乎此類
篡弒以國之宸翦臣不忠天亦不使其得以享忠臣之難也神志
永明十年詔褚淵王儉柳世隆王敬則陳顯達李安民配饗太祖
廟延時敬則顯達皆存輒稱故驃騎大將軍王敬則故鎮東大將
軍陳顯達亦奇

初二日晴

剩耦又病

皇華紀聞云東阿令李君繼邦謂阿膠真者煮用阿井澄用狼溪之水狼溪堘中水也舊聞杭西湖藕蓴必浸以蕭山湘湖之水乃佳物類相感者皆未及此今阿膠佳者極少更無人知以狼溪浸膠之説矣

初三日陰

渭手日記

于艸堂石影

初四日晴

鞠躬之疾醫者莫明殆由愚與醫問所致守不藥中醫之

說得之

初五日晴

獨坐無憀閱詩話自遣

南齊書王敬則傳興壽寂之因覽景和文云太祖命敬則於殿內伺機未有定日既而楊玉夫等危急殞帝敬則時在家將首投敬則敘弑蒼梧事浮沈若玉夫自行弑逆者非為敬則諱為太祖諱也按南史敘七月戊子事亦云道成與直閣將軍王敬則謀之即子顯所謂伺機則明是道成敬則預結玉夫伺機弑帝耳蕭子顯深沒其交結之迹遂若敬則自伺機玉夫適行弑逆者然則蒼梧之首何以遽將投敬則耶南齊書又云敬則馳首詣太祖太祖慮

蒼梧所掩不關門乃於牆上投進其首似太祖倉卒間安全不知情以
桓康傳證々十月六日少帝微行至領軍府帝左右人曰一府人皆眠
何不緣牆入帝曰我今夕欲一處作適得明日夜康与太祖所養健
兒盧荒向黑於門間瞻伺其後明夕敵則將帝首至于門康謂之
交了荒黑曉下被白丹旅其是至夫所以必十夕行弒者蓋成白桓
康々離剌期頭帝而不變遂開門者康等恐蒼梧之誑阻之也夫
篡弒々福自春秋時已亂賊接迹至於六朝則弒若平
莫々敢尸々說久迂視之名分蕩然視如草菅漸之國亦家
從高武手始受禍尤慘豈非自積之餘殃哉

初六日晴
吳貫臣盛杏孫歸來
蕭順之為梁武之父傳附武紀梁書僅具官位南史武紀前稍詳
如云宋帝忌齊高謀出外順之以為一旦奔亡則危殆不測不如
因人之欲行伊霍之事齊高深然之及袁粲據石頭順之聞難
作率家兵據朱雀橋黃回覘入還告曰朱雀橋南一長者英威毅
然坐胡牀南向回曰蕭順之也遂不敢出時微此者石頭幾不拔
矣及齊高即位深相忌憚故不居台輔此或梁武即位後粉飾
之詞以齊之創業全賴其父隱然若肇基王迹者就令所

言皆實之一篡逆之死黨耳何足為深哉考南史魚復侯子
響傳上遣順之領兵往子響順之時數文惠太子素忌子響密
遣不許還令便為之所子響見順之欲自申順之不許於射堂
縊殺之子響密作啟藏妃王氏裙腰中具自申明及順之還上心甚
悵恨百日於華林為子響作齋上自行香及見順之嗚咽移時
順之慚懼感病遂以憂卒南齊書作於梁時有所隱諱自
不如南史之得實也合而觀之前則助逆后而篡以不忠之計後
則揣太子而成其不友之從慂遂至取忌恨懸樹之以殺是亦宋齊
間一陰險無義之人耳梁之積行如此宜其享國不長哉

初七日晴

李子丹來談儒弟及王朴來

初八日陰

湘手日言　　　　　　平怀堂在影

初九日晴

潛夫論

卷卅堂石影

初十日晴
得康生書李佐目都中來

十一日陰

潜夫論

于艸堂片影

十二日大風揚沙

檢點書籍略有端緒惟宋本祖龍學集不知遺落何所悶甚

湄子巵言

于艸堂石影

廿三日晴風略止甚寒

得樂山書後至初一寄忠患外痔甚痛殆衰象也

十四日晴

過晦若少坐合肥召談朱少桐事遂過儀齋

俄使擎大小帕米尔洪鈞據俄圖以為非中國界遂撤蘇滿之卡俄即

進兵守之譯署惶惑求計於合肥羅豐祿據英圖喀約敦洪說一日

薛使所寄圖乃英地學家裴氏所繪之界雕特雅什里湖蘇滿及合

喇馮及尔巴尔噶赤伙巨捷根新郡戛尔等均中國一日泰謨斯新報圖

英俄之界俄界係由圖似克蘇山口循穆尔楛河布及巴克色斯江則

欽格南等處目非俄地一日英領事云英俄約自惡多利亞湖南

向直畫一綫之東皆中國則大小帕米尔自屬中國合肥據以復

譯署並調俄國所擬以烏斯別里山口之經綫為斷北自烏斯別里山口一直往南至阿富汗所之薩雷庫里湖為止如此則大帕米爾可得大半小帕米爾亦全境均在綫內蓋作書時本擬偏徇洪說嗣晤萊以胡文忠圖校內府輿圖大小帕米爾皆所分遠以洪圖非據俄圖實校胡圖合肥兩吞之說不免遷就不知內府之綫乃喀什噶爾界綫非中俄界綫也余既不願聞合肥之說又深惜合肥猶論尚未能斷截了當俄由此地足以窺印度瞰後藏並蹊回疆以撫藩籬即合肥力爭亦無能挽回而洪鈞不得辭其遷就之譏自撤藩籬之守明明損益真誤國奸人也

十五日晴

是日來人頗嬾閒

呂東萊集四十卷者不可得余所藏乃陳思臚本二十卷者亦佳其家傳敘呂好問勸張邦昌奉委曲詳盡所謂含垢忍恥以濟大計者然人生遇此等變故即忍死辦正經亦可惜不如一死塞責爲斬截痛快姜伯約之於蜀亦然

十六日陰有風

檢得龍學集爲之一快午後閱毛詩稽古編一二卷爲潤師代作陳春麓讀書識小錄序春麓名震文安人乃陳子嶽之族潤師大父

之師其所錄雜采漢宋間以評騭非說經之體也得季潤書

十七日晴

寄潤師書

閱紫巖詩選詩凡三卷于石字介翁婺之蘭谿人宋逸民也況叔園有跋云介翁貌古氣剛義該諧幼慕杜甫之爲人後從王宗蓍業詞賦年三十而宋亡遂高隱不出以詩自豪所居鄉名紫巖因以之爲號晚徙城中更號兩谿集久不傳之者僅此冊耳同里明人吳師道字正傳元至治間進士爲之選次金履祥爲之序詩凡三卷內闕二頁其來已久不復能補矣乾隆丁亥汪生中容林持贈藏之隱

拙齋詩本為知不足齋重録後有通介叟過眼時年八十二一行惜未刻入叢書其詩若存若亡矣

十八日陰

于竹堂石影

十九日雪

復子禎書

二十日雪霽

寄帖數種還隸古復廬生書連日心境粗浮讀書殊無所得

謝晞髮集惟平湖陸大業所編者較有條理共晞髮集十卷晞髮遺集二卷遺集補一卷附天地間集一卷西臺慟哭記注冬青引注一卷天地間集已非完帙原五卷余所藏乃明歙縣程煦所刊僅詩文五卷附錄一卷非足本刊知不足齋本亦不全也

二十一日晴

二十二日陰

二十三日陰

與鄭班卿書論等韻之學

玉初以等韻一得兩卷本　呈朝通志七音略以圖書十二字頭為主文有書詢康熙字典等韻兩卷本之何書余案字典兩卷半出於貫珠集之歌訣其下卷通成十六攝則取之切韻指南特劉氏始通從減故曰切韻字典用等子舊法始果終流故曰切音惟前揭十二攝及寄韻譜寄入諸歌訣不知所本證之採要存目於梅建所刊重刊馬氏等音外集內集之借用入聲列葉東敘韻表之說疑借入歌訣蓋取諸叶寄韻則指掌圖舊例也指掌圖二十圖一獨高交驕驍之獨

公○弓○三獨孤○居拘四獨鉤○鳩樛五獨甘監○兼六獨○●金○七開

干姦犍堅八合官關勸涓九開根○巾斤十合昆○君珣十一開歌嘉迦

○十二合戈瘸○○十三開岡○薑○十四合光江惶○十五合觥肱○扃十六開

㮩庚驚經十七開該皆○○十八○○開姬雞十九合傀睽圭二十合媯乖○○字

典之二十二構迦十一開 十二合兼結借入作平 十二開藍皿剛十三開 十四合庚十六開併十五合二獨楲十八開併二獨鬲一獨

該十七開併 二十合傀十九合根九開併八獨 十合干七開 八合鉤四獨歌十一開其以根併

金以干併甘歌以鉤樛乃參以字彙橫圖直圖而成者特以切韻指南平上

去入分等望之瞭然並似與字彙兩圖之淩襍耳其時爲谿未須修

書故音韻闡微之文具說不待捷要始痛詆字彙也

二十四日陰

午後買得富陽宗甥電八弟於廿三日辰刻去世聞之悲痛無似庶母一生苦節僅存八弟竟無子如何電商九弟赴杭風雪波濤未知其氣體能耐此勞苦否天色慘淡枯坐斗室中熱淚橫流萬感交集真不知有生之樂也

二十五日陰有風

九弟電來欲以其次子承繼八弟報允之

二十六日大風揚沙奇冷

二十七日風霾如昨日

二十八日昨夜風略止僅晨風仍猶烈冷甚滴水皆冰

得仲良書

二十九日風

得九弟電初三四赴杭晤梁作書淚痕滿帋

三十日風略小仍寒

戴之似可到杭作一書交湘文轉交三兒書來欲赴富陽畢竟

手足情深視漠不關懷者迥異作書止之

慈聖發內帑二萬賑卹順直閩飢民徧地連日風勢亦厲凍餓而死者

甚眾殊堪惻惻也

十二月初一日晴有風

晦若容氏來相慰藉湘文亦有電

初二日晴風止

得鶴巢書以寄暘氏詞一闋見示

初三日晴

合肥送遵化州志來未暇細閱為潘伯述作序

初四日晴

有摺便入都寄安圃書第十一號又寄九弟一書交湘文轉送

初五日晴晨起微雪漸密天似較昨夕略寒

得昨日九弟電初四坐德公司船赴滬局事王大使德昌代辦

初六日雪

復誼卿書

初七日雪

宋史包孝肅傳初有子名繶娶崔氏通判潭州卒崔守死不嫁極嘗出其媵在父母家生子崔密撫其母使謹視之繶死後取媵子歸名曰綖偶閱南澗甲乙稿則云通判潭州者名誼不知史誤抑韓元吉誤記也包孝肅祠在崔氏節婦之堂世傳孝肅無子因其下附仁宗一言實則有子也

初八日雪甚大

電滬局詢九弟回滬否

初九日雪霽

晦若約談与伯述商州志序畢小坐還閤

初十日晴

閱木鍾集買祭田八十畝擇族中無田者種之以租供祭掃以糧濟族中之貧寒者銀四百七十兩九弟所寄者三百金余以百七十金足之

十一日晴

寄都信及鶴巢書得九弟書乃十一月初所寄

閱劉氏文抄四卷半應制及四庫提要示有時文二序

十二日晴

得玉初書

十三日晴

復玉初書張筱傳自通州來夜得戴之書云得八弟十一月十一日親筆

尚云病體漸愈距其發十二日耳不知因何憂[illegible]閱之淚下不止

十四日晴

李貫臣來過仲瑋略話當從戴之並以電聞滬局探九弟到滬

吾心撓紛如

十五日晴

在蘭駢館半日與內人茗談遣悶而已

十六日晴

花農來談得廉生書云冀北之病漸愈

十七日晴

保定廉生許涵志上書合肥頗執贄從余游合肥許之今日來見字士先為浙江紹興籍寄居保定者其父官教諭從兄涵度官山西忻州貧以膏火肄業蓮池似不滿於主講者故自求名師並余非其人也辭之不可許以寄文而不許其稱師詢其所業則從張左

氏詩將昌谷年二十七矣

十八日晴

至夏茂才處小坐仲彭處館師

十九日晴

寄澗師及康生鶴巢書

二十日晴

至晦蕃處小坐貫臣來

二十一日晴

仲輝有疾候之

二十二日晴

高陽饋歲有書賈張藤入都捡食物荅之亦不暇作書也龍與厚菴

著牧來云明年正月二十六日州考

二十三日晴

二十四日晴
八弟生日也念七八兩弟為之愀然不樂者竟日
二十五日晴
課兩兒為明年應小試計
得九弟電眷屬至杭八弟医停湖上明年還回
二十六日晴
得九弟電 五嫂殉烈後攢於浙之雞籠山者二十二年擬遷之還里啟攢
面色如生噫異矣以此悟忠骸烈骨萬年不朽也
二十七日晴

至海軍公所答謝伯行仲彭以八弟手來信也得高陽書

二十八日晴

趙菁衫以漁翁小像索題並贈秋谷所撰一冊（不佳疑是偽迹）牙板一方萬字

香四合

二十九日晴

王懷祖先生論古韻當分二十一部又論詩隨處有韻云詩補韻不載而所謂詩補均不可得見忽有以六書音均表來售者附錄一冊全是詩韻雖仍照十七部而分配入部大有更易後附經義述聞論詩韻一條執壯工校從一條子述聞小異即述聞所謂初說段氏大以為

是者也六書音均表之有評改籤題王懷祖更正本而書無圈記不知為王懷祖手迹抑復抄之本以索價太昂力不能有之乃竭兩日之力悉錄之六書音均表上從段氏齋中文撰韻書一種矣忽憶最明年中破閒之具也

三十日晴

寄九弟書

徐騎省集藏書有舊抄本孝達云有明刊本未之見也近彭縣李宗焆得舊抄刻之適有書賈持售因翻閱一過以消遣歲華有除夜一首云寒燈耿耿漏遲遲送故迎新了不欺往事併隨殘歷日春風

當識舊家儀預憩歲酒難先飲更附鄉儺兼小兒吟罷明朝

賭知已便須題作去年詩業與詩在第二卷猶是仕南唐作度年來

衰老不知何以凄若乃亦知〻廢國居民衰颯之氣已流露於毫端矣

蘭駢館日記　癸巳一

正月初一日晴

去年讀書漸富嬾而擾兼未能務學今年當努力於其大

者要者書此以自驗其勤惰

道州何文安公凌漢宋元學案序云先河後海之義漢儒之功實先

諸儒自先秦以迄有唐六藝源流具有端緒梨洲之於學案由明

儒以及宋元並則由宋元以上溯漢唐綜其師承門徑輯成一書其可

少也哉余自謫居放還日怦怦於此事懇其學術淺陋藏書不

多恐不能卒業作輟者屢矣竊考太史公自序論六家要指而

其指歸則在俗明世正易傳繼春秋本詩書禮樂之源其傳儒林曰魯詩
多本於申公齊詩皆本轅固生燕趙間言詩者由韓生尚書由伏生禮由高
堂生易本太史公家學故傳經系次尤詳而春秋之傳仲舒公羊胡毋春秋
江生穀梁太史公十二國表則更取左氏傳之旨學案也班氏推之則曰易有
施孟梁邱之學施家有張彭之學有翟孟白之學梁邱有士孫鄧
衡之學有京氏之學有費直有高氏學高費未嘗立學官伏生尚書
有歐陽氏學有大小夏侯之學大夏侯有孔許之學小夏侯有鄭張
秦假李氏之學而孔氏古文為別派魯詩申公之後有韋氏學有張唐
褚氏之學齊詩有翼匡師伏之學韓詩有王食長孫之學而毛詩則本於

徐敖禮有大戴小戴慶氏之學大戴有徐氏小戴有橋楊氏之學三傳
公羊春秋有顏嚴之學顏有泠任之學後有筦冥之學穀梁有尹
胡申章房氏之學而言左氏則本之賈護劉歆繹之亦皆學業也范
史儒林傳便已棄離而統觀後書如桓榮傳有桓君大小太常章句
鄭興傳世言左氏者多祖於興而賈逵自傳其父業故有鄭賈之
學張霸傳霸以樊儵刪嚴氏春秋猶多繁辭迺減定為二十萬言
更名張氏學是其本各家漢書之舊文猶得馬班分別之派遺意
擬以國朝諸儒之傳經表為主繫以為兩漢諸儒學案以次推之魏
晉南北朝及隋唐五代焉

初二日晴

午後邀縣學武校官聯辟廷生來談詢以州考事

全謝山宋元學案一以程朱為宗是也卷末立荊公新學略蘇氏蜀學略則非是汪玉山與朱子書曰東坡初年亦瀾禪學其後乃溺之謂其不知道可也概與王氏同貶恐太甚余謂荊公新學使天下棄注疏而入於空疏此為學之大害也蘇氏之學何害於人朱子立道之大閑本無取蘇而閑之所以與王氏同貶者以洛蜀交鬭之故以東坡易傳與潁濱老子解同入雜學辨則潁濱之支離於老並稱實為大謬而東坡之易傳何罪特不合於伊川易傳而已朱子論之蘇乃云小蘇勝於大蘇

者豈定論哉謝山之學亦未能優入聖域千載而下平心論事二
宜取蘇氏書傳論語解細如秦玆瑕瑜並見折衷定論乃於
蔡氏之取蘇氏書傳朱子之取東坡論語解一槩抹殺而徑取朱
子之親學雜列之且以李屏山爲王蘇餘派鍛鍊周內於蘇
氏何損毫末以此爲程朱所見亦甚陋矣且講學之名亦惟諸
閩婧有之坡潁本未嘗講學乃爲之創立講友同調名目一若三
蘇呼朋引類創興蜀學以與洛學角者豈非捕風捉影乎如
高平廬陵亦爲之強立講友同調若干人皆屬武斷其內外出
入之辭殊未允愜也

初三日陰

莜農來寄九弟電閲　慈壽以今年舉行癸巳恩科

初四日晴

復高陽書

閲元憲集宋宋庠撰大典中輯出共四十卷提要云通考於是集之下又附注曰一作湜中集二十卷其名又異然大典實止標宋元憲集則非湜中集明甚故今仍舊目不取通考之名今案元憲集三十六卷有緹中集記云余弟學爲文尤耆篇什而不能工亦逸頗多一日忽自新舊詩十餘册手自纂閲所以見充國等所次覽之

不禁掩口胡盧而笑謂之曰此遊戲也與良驥無異繼中什襲藏之寶乎之雷霆斫斷箭限到凡五百餘首勸為十二卷命曰繼中集甚是湜中乃繼中之諱繼中蓋公自云集名元憲則後人所題也記存集中而館臣不知故證類據大典以駁誤本通考殊可怪也（記乃內大典本載全部）錄四庫例刪青詞之類存二十八卷耳集多駢文與常文是以方駕燕許詩亦工雅而以昇平格律未全迴一筆林倒也提要稱其渢渢乎治世之音夏竦見其蘭花詩以為有台輔器謀乃一語竟能識人於未遇亦奇

初五日晴

張筱傳來過晦若少坐論儲書並近年書價之貴

閱景文集本傳稱集百卷藝文志則稱自五十卷館臣就大典所載釐為六十二卷別有日本佚存叢書本稱原一百五十卷今存二十二卷內又殘闕十卷其所存自十六卷至二十二卷皆律詩也八十一卷至八十五卷皆表狀也九十六九十七兩卷為序九十八為說錄題述九十九為論一百一為雜文策題補詞一百二為齋醮文一百七為行狀一百十八至一百二十五為啟狀元序乃文化庚午天瀑山人撰已知中國有六十二卷本故以此宋本殘帙刻入叢書云初疑

其以大典輯本顛到錯亂以奪彼諸收藏之富及詳細檢
閱如律詩因皇帝近英明講舉五絕五言十韻一首為大典本五
言長律内所無其齋醖者文惟祈雨為大典本所存者皆例
加芟削而僅存本尚存數首若謂數日之力以兩本對勘必可
補少數篇僅一島國安能及中朝收藏之博其文字亦僅之通
順又烏及乾隆館臣而藉此一刻豈備校訂之一助也泰山不讓
微塵之意也予東又有西州猥稿一種自序尚存集中今所傳
北宋小集中有之則從成都文類律髓文粹諸選本采
輯而成之非原第矣

初六日晴

寄安圃第一書

去年購書間有精抄本然心緒煩劣不能審閱也晴窗偶檢鄧巴西集閱之係抄本經校者從元文類補文五篇石渠寶笈補鄭今車平安書二通乃從鮑氏通介堂家藏本過出亦善本也又得唐竹軒及蒲順齋閑居叢稿二抄本然余所以愛者則以黃蕘圃所得舊抄管子顧千里所得舊抄韓子兩種為家刻本皆已為金陵局所刊韓則吳山尊刊之並局刊管本少一頁抄本誠可寶矣

于艸堂石影

初七日晴地震

爲兩兒改課作三首頗形進鈍子嵩豚犬我作馬牛誤杜陵有子賢與愚何其挂懷抱句不覺自笑並選理傳家杜無何能作達哉得王初書

公是弟子記五經者五常也詩者温厚仁之質也書者訓告信之紀也易者淵微智之表也春秋褒貶義之符也惟禮自名其道專也此說甚諦公是宋與伊洛游楊講學者罕相稱述耕要謂元豐熙甯之間卓然一醇儒洵然也本乃宋儒臣趙不黯校本傳刻者猶善本也

初八日晴

得驛民書復其初一緘又與樂山李皆論近訂丁李草孝廉事也

初九日陰

陳序東來

閱毛滂東堂集思寄蘇內翰多壽蔡元長書上曾太尉書蔡

下之王夫人讀其會意思彼未有亂笑謂盧溪若相池中亂

來謀為可鄙然元祐元符之間兩黨迭為勝負文人亦多

巧食其間稍不自持即不免出素入緇之病讀之正覺其可

憐耳忠可責之哉

初十日陰

閱秦淮海集淮海有法帖通解辨證閣帖摘錄之　千文乃梁武

得羲之所書千字使周興嗣次之蔡遠注釋辰宿一聯興嗣文也豈

乃前漢章帝書歐陽文忠以謂前世學書者已有此語不始羲之

時亦可疑　辨漢章帝書　古文雖似科斗而世常謂之科斗以其數

科斗不以此指之曰倉頡之不石為科斗相數乃適大小二篆　辨倉頡書

仲尼銘季子墓字經天作處張從申記舊本湮滅開元中元宗命

殷仲容摹搨之大歷中蕭定又刻于石此字乃後人依倣　辨孔子

書漢碑存者皆隸而體遒此乃小楷豈敢信以為秦人　辨史

論李斯 文集考魏吳二志權以是年閏十月方取荊州至十二月後

明年正月告捷彰白於閏月先賀 難鍾繇

以上各條均極諦當其論懷〻時者引歐陽文忠云魏晉時人送

筆餘興論況用意自然而茲以人乃兼百事而以學者爲事

於一字至〻於終老窮年〻疲敝精神而不以爲苦此真可嘆

也懷〻亦〻徒是已文忠此論可謂名言能取其少游詩不以考

名未足服善者〻以爲關其口然士大夫〻身則已自有不朽

者在詩文之是餘事書則更是餘事後取工於書遂狀以此

傲天下士實則人亦從下其書亦世亦不以跡〻矣

十一日昨夜微雪今日放晴

閱晉書劉寔傳寔尤精三傳辨正公羊以為衛輒不應辭以王父命祭仲失為臣之節舉此二端以明臣子之體王接傳常謂左氏辭義贍富自是一家書不主為經發公羊附經立傳經所不書傳不妄起於文為儉通經為長任城何休訓釋甚詳而黜周王魯大體乖硋且志通公羊而往往還為公羊疾病乃更注公羊春秋多有新義以喪亂盡失長子愆期流寓江南緣父本志更注公羊

十二日晴

武瑟生采菊先輩商定認保廩生俞聯翩（蕎人）派保廩生吳廷濂

蘭坡軒

閱劉後村詩集十六卷詩話二卷詩餘二卷後村大全集昭文張氏有之四庫著錄者五十卷此姚培謙所刊者耳後村雖受業西山晚節不終年已八十乃為秋壑玉漁洋有是集跋謂其論揚雄作劇秦美新元后誄蔡邕代作羣臣表阮籍作勸進表均詞嚴義正而其賀賈相啓賀賈太師復相啓再賀平章啓諛詞諂語蹈旅逕之賓擬而不自覺援陸放翁南園記猶存規戒

者抑又甚焉老而不進非以名節廣並不足置論其詩更弱
于文姚鼐構之寶六江湖之末派耳其詩話兩卷於放翁謀
高極為推崇放翁云古人好對偶被放翁用盡薄翁云今人不
能道語被謗翁道盡又云放翁學力也似杜甫謗翁天分也似李
白蓋其生平宗旨所在其末云余涉世艱難每誦放翁平生名
節為作生描畫略盡之言輙為慨然曉邈於歌文游諸棹
蹭主與之瞿公署閒之慨不知為秋壑乎作生之描畫普
為虛構之為寶徵士大夫脫節凌遲大氏因一蹶之以世態
炎涼慣而求進轉喪生平可慨也

十三日晴

余嘗論魏之高貴鄉公以操丕禪讓竊國殃及其子孫並在魏之諸臣苟有困心鋤奸者未始不可成功王沈為公所引號為文籍先生乃閃公謀與王業馳白司馬昭封安平侯其罪與成濟等子後遂覆其宗有以見天道之倚伏也夫沈罪至重法不宜有令子沈彭祖又很愚凶悖以速之比論者徒以彭祖承賈充旨與孫慮共害愍懷神人共憤以致中有伏尸之禍不知沈昔密以害高貴後即黨將以害愍懷首出於公閭之女謀成於屠道之見殺司馬家兒者即是當日助司馬殺曹氏之嫡裔髦家森淨可

畏其不爲亂臣賊子甚也審矣裴秀上爲高貴鄉公所引錄爲儒林文人而秀傳不及之任以曹爽故吏免頃之爲廷尉正歷文帝安東及衛將軍司馬軍國之政多見信納而臣夫司馬氏至昭得政已歷三世魏臣皆其爪牙腹心高貴鄉公欲拔於時謀之決非倉卒所能撓倖秀縱未預密謀亦未可知況業之皆至而興賞元勳僚增甚有不心向司馬者並列文籍儒林皆爲司馬之間諜耳豈不哀哉其後秀子頠雖位臣亂之影卒以附賈后爲趙王倫所殺秀之奸不及況救頠之禍亦不及後合觀之足以明天意矣

十四日晴

閱澗泉日記韓元吉子淲撰其中卷記先世交游甚詳如徐應祺楚則云作直諒亭在水竹間先公爲作銘尹彥明焞則云伊川高弟在道山時先公嘗拜之劉行簡一止則云有文詞先公嘗入其門爲作行狀張子韶九成則云先公與游其門歸橫浦先生好禪學士論或以爲本醇程可久迥則云歸沙隨先生有易解先公嘗投之一飯淲近年亦曾三四通問蔡肩吾逵則云蔡文忠齊之孫潘薦川蜀先公典銓日以文卷來訪先公奇之既薦之又作詩記以送之龐祐甫謙孺則云先公友也歸日蘇老人義[illegible]

雅王陆修時敏則云先公友也徐居厚仁学苗國範煋則云作祭
酒有文名先公为之莽花元卿諱臣則云先公友也璞論清積女
梁可觀李仁甫燾則云先公与之同在徐班往来亦相善陸子
壽九齡則云先公僚友一日相會時張縣之洪景盧邁及其先
達尊則云先公与之相善范致能与其外姑之尊冠之爾趙涬
莊彥諸陸務觀游表平仲衎均一之羣其生平若晁氏呂子則
更其姻婭使排比之何減于厚先友記也朱子亦其先友而読
未敘及但云張敬夫之識見呂伯恭之議論朱元晦之編集各具所長
又云朱韋齋自立屢亦有贈答似未得朱子之深也

十五日晴有風

十六日晴

得九弟電已於昨日由滬回粵乘廣利船過容民話晦若承詩在坐

郗方回當桓溫北伐時請督所部出河上愔傳時愔在北府徐州人多勁悍溫恆曰京口酒可飲兵可用深不欲愔居之而愔暗於事機遂牋詣溫欲共獎王室修復園陵超傳超取視寸寸毀裂乃更作牋自陳老病不堪人間乞閑地自養會稽太守按嘉賓此策遂探溫之隱衷使其父頓失兵柄不獨誤國並且賣父疑方回猶絲不知其故直至嘉賓亡後門生以呈箱中往反密計乃見此稿耳晉書於方回傳中云用其子超計固辭解職

勸溫並領張不諒方回之意乃受子之欺非用子之計也北府勁
悍情深非將帥才不足制溫然有超在溫幕亦不至忌情而
遽奪其兵廣之之謀或當稍有所過抑而不得驕如陸則
王謐輕內情程外足以相維不敢而溫亦庶幾逆迹不彰
計不出此乃導溫奪其父而還之散地其後乃因方回復游
閒地不策謝安石之入掌機權不亦大謬乎超之負溫皆逢
惡助奸無足取張郗氏不肖之子典午不全之臣也謝傳同
政宜加顯僇乃猶有散騎常侍臨海太守之除豈以其父故
耶超之黨溫路人皆知而方回必見其始不及矣亦闇蔽甚矣

十七日晴

巳初二刻雨兒由鎮道車面里應試二十七日州考也請館師仲璋孝廉送考僕人則蘇福東升張林及廚人袁華視余庚午北來襆被不攜一僕光景迥殊矣送仲璋後因昨夜感寒頗咳齋中小臥片刻

十八日晴

王觀國學林論藝精斯掩往引戴安道破琴不能為王門伶人殷洪喬不能為寄書郵以為二子能辭之于早矣琴藝也寄書郵豈藝乎士大夫不甘以一藝自見可引之事正多而引洪喬為證故儒家往往疏於持論可笑

十九日晴

寄介軒書以子儁疏稿与之時為子儁作傳也

二十日晴

伯行南踈得載之書論八弟富陽新城交代

二十一日晴

過幼若覓楊俊卿一談商交代辦法復載之書蕢臣來

二十二日晴

出門答武琢生順道至蕢臣處小坐謁海軍公所一轉得曼農電已回粵矣高陽有書來夜讀瞽啟知已到州

二十三日晴
得伯潛書簣臣來談買尚書後案一部今篋中止學海堂本也
二十四日晴出九便覺暄和
呂定之前輩來談復戴之書
新城何世璂然鐙記聞自述爲漁洋口授其一則云爲詩須博極羣
書如十三經廿一史以及唐宋小說皆不可不看所謂取材於選取法於唐
者未盡善也余謂取材於選取法於唐固非而經史之外如唐宋小
說則宜博觀而約取大氐宋以後之事且不宜多用自宋以後之碑
事俚語一味闌入則詩味損薄矣至於竹垞正嫌其雜用宋元詞

語入詩耳又云七律宜讀王右丞李東川尤宜熟玩劉文房諸作宋人則陸務觀若歐蘇黃三大家祇當讀其古詩歌行絕句至於七律必不可學學前諸家七律久而有所得然後取杜詩讀之譬如百川學海而至于海也此是究竟歸宿處此論七律甚精異於前宗七子之説矣又云學者從其性之所近伐毛洗髓務得其神而不襲其貌則無論初盛中晚皆可名家不然學中晚而止易失尖新學初盛而止易失膚廓則又無論初盛中晚均之無當也且歷詆世之依附盛唐者但知學爲九天閶闔萬國衣冠而自命高華自矜壯麗者爲優孟衣冠此殆漁洋晚年之論並爲學七子者痛下鍼砭

二十五日晴夜地微震

得廉生復書並贈天壤閣叢書一部

二十六日晴午後大風

晚得虎喬堂書復之為其祖壯節公祠事求合肥奏請列入祀典已奉旨俞允矣

二十七日晴

得九弟十四日書述八弟身後諸事悲愴之至作書復九弟竟日鬱鬱不能作他事陸伯禮來余薦之筱傳處爲鶴巢所誤因病南歸贈以十二元而已

二十八日晴

得樂山書合肥以軍屬孝達而因鎮廠借款頗相持不下乃由鄂人從中通之五年來先施於厚祿故人者惟此而已其究無謂也爽秋授皖南將出都門有書通意以書復九弟並簡載之

二十九日晴

枯坐竟日寄子涵書

漢書儒林傳司馬遷亦從安國問故遷書載堯典禹貢洪範微子金縢諸篇多古文說王氏鳴盛云如湯誥太誓皆古文說

二月初一日雨晚霽

代樂山訂丁孝廉明日有擢弁寄都門書附以安圃第二缄得

孫慕韓書

閱紀文達朱文正兩集思得筍河集參校之

永樂大典輯逸書之奏出於竹君學士而文達實總其成文正文達

同日宣麻文正正揆而文達協揆亦時纔輔人物之盛如此文達一生精

力在四庫提要其集中一鱗片爪無非龍之全體文正作文達

墓誌謂曉嵐初則文人相輕後乃折服不敢道一不字並文正

之學似非文達匹也

竹書紀年余以為偽閻百詩不信竹書而信史記是也王氏鳴盛亦以為晉人偽撰而徐位山則篤信之孫淵如復刻之平津館叢書中暇日思攷證之偶閱鄭立齋有書周孟子四攷後篇以竹書為不足據因漫記於此

初二日晴

得子涵書遣王福赴杭迎五姊及八弟夫婦之柩附海晏南行寄戴之書又寄來潔泉一緘詢以交代事擾擾竟日

初三日晴是日春分

得爰圃書仙蘅前輩寄宣紙徽墨索余書並以一聯見贈午

後復趙菁衫書

初四日陰微霰

連日復讀莊子頗有訂郭注之誤處又閱徐文靖竹書紀年箋其拙滯檢孫刻竹書紀年有洪筠軒序今本竹書紀年之非舊捷要可為推勘入微矣而筠軒強為之辭莊子所謂猶一蚉一蝱之勞也今日几案瀟灑茶墨生潤頗有讀書之樂

鄭學至 國朝諸儒掇拾殆徧隋經籍志儒家類孟子七卷鄭注集氏注義竟不能徵引其佚久矣

隋書牛宏傳里仁上表請開獻書之路以秦皇下焚書之令為書之一厄

王莽之末長安兵起宮室圖書並從焚燼為書之二厄孝獻移都西
京大亂一時燔蕩為書之三厄劉石憑陵京華覆滅為書之四厄
周師入郢蕭繹以文武之書及公私典籍重本七萬餘卷悉焚之於
外城為書之五厄周氏創基保定之始書止八千及後收集方盈萬卷及
東夏初平獲其經史四部重雜三萬餘卷所益舊書五千而已今御
書單本合一萬五千餘卷部帙之間仍有殘缺比梁之舊目止有
其半至於陰陽河洛之篇醫方圖譜之說彌以為少於是下詔獻
書經籍稍備按隋書經籍志平陳以後檢其所得多太建時書
紙墨不精書亦拙惡於是總集編次存為古本召天下工書之士京

兆韋霈南陽杜頵等補續殘缺爲正副二本其餘以實秘書內
外之閣凡三萬餘卷隋經籍志時考見存分爲四部合條爲一萬四
千四百六十六部八萬九千六百六十六卷甚矣聚書之難也
初五日晴
心緒紛如讀函自遣
初六日晴
以牛乳餅十匣寄伯潛讀書竟日無所得得滬電王福今早已到
滬矣
初七日晴

楫舟回得都下書以局刻書之三種寄乞襄午後得仲璋書知州考初九可定長案乃作復緘並所需之洋燭等件交專人帶州復高陽書

初八日晴

得戴之書八弟交代仍未了結悶甚

初九日晴

戴之書甫復又得戴之書則所存公款尚無侵蝕前書亦太過甚矣身後無人之難也

初十日陰

復劉仲良書午後袁爽秋來談晚得兩昆電滄州試第一潛

第九

十一日晴

爽秋來談留之午飯得戴之書夜武琨生來詢攷試事

十二日晴

午後爽秋來晦若亦至暢談皆京下事也復戴之書

十三日晴

閱筍河集都中楊佑寄書目來皆無異書可眼也黃民來話

寄廉生書

十四日晴

劉子徵總兵來爽秋夜話子季華因保定至赴崇山之招

十五日晴

爽秋辭往田都　午後儒弟及王地師來知允襄允變已回里應歲科考矣

讀莊子以呂覽淮南證之

十六日雨

得兄輩復書允言之書亦至

十七日晴

永詩來

十八日晴

楫舟入都，復廉生書，問冀北之疾。

甚矣張茂先之無識也。賈后謀廢太子，劉卞勸華以太子四率精兵乃入廢后，華不從。卒為趙王倫等以后黨害之，人皆為茂先惜，實不足惜也。楚王瑋矯詔害汝南王亮、太保衛瓘，帝用華計，以騶虞幡麾眾，眾走執瑋。瑋臨死出懷中青紙詔，流涕以示監刑尚書劉頌，頌亦歔欷不能仰視。青紙詔者，后遣黃門齎以授瑋者也。是時華既執政，若追究授詔之黃門，得其情實，明以矯詔之罪坐賈后，廢而幽之，誰曰不宜？乃於閤主虐后之間欲以彌縫補闕為功女史之箴何足感動弑姑不道之罪亂風乎楊后之廢引趙太后為孝成后故事懸懷之事亦不能強諫始終依違立小異而不能力爭即中台星拆華果遜位其能免乎原之者謂其拘牽文義似后有母道非臣下所敢廢並亦思賈后親弑其姑乃名教罪人春秋之所必誅安可泥常經而不識權變哉推其隱衷曰殆由裴頠賈后頠為賈之姻連華實頠之暱友感頠亦即感后其彌縫聊以塞人言而已意在助后為政非忠於晉也張林責以式乾之議諫若不從何不去位宜華之不能答歟

十九日晴

杜估自都來以綫裝皇甫碑請傳驗務字已壞後半並補以三監索價三百金還之

二十日晴

伯夫人冥壽至公所行禮俗例也復寄州膺百金以濟考費

二十一日晴

得都電知九弢亦往應院試州縣皆補卷也寄九弟書

二十二日晴

得孝達電時徐大理致祥劾孝達廉生云語涉及余也得戴之書

楊信寄書數種来殊少佳者附康生一緘知冀北病略瘉矣

二十二日陰晚微雨一陣

寄伯潛書附奶餅餘皆閒文也孫荼孫来訪以雇船載臣事悒悒

竟日

閱笥河集表彰江慎修汪雙池兩先生遺書推尊之至然集中無汪書

適有以參讀禮志疑来售者因留之文章有神即古人亦能感召也

稼書先生於禮經甚有以得視空言講學者自異矣

清獻讀禮志疑曰賈公彥周禮儀禮二疏有功學者唐書不爲立傳

止附見於其師張士衡傳中其生平及學術不可攷可惜仁和戴其子大隱

以直諫著於武后之世又載其傳業趙人李元植該覽百家高宗時數召見以帝闇弱頗箴切其短帝禮之累遷巴令有想見公彥之教按舊唐書儒學有公彥傳但載洺州永年人永徽中官至太學博士撰三疏而已後太寥寥與新唐不立傳相等新唐士衡傳云以禮教諸生當時顯者永平賈公彥趙李元植後又云公彥傳業元植二又分明永平乃永年之譌也

二十四日晴

偶得雷學淇介菴經說契至湯八遷者契始居蕃（見水經渭水注引世本）後封商（見史記殷本紀）昭明居砥石後遷商（見世本荀子）相土居商邱（見左傳）子亥遷殷（見紀年）

上甲從司馬遷史見世本帝甲九年復居商邱見紀年湯居于亳見書序至盤庚

五遷者仲丁遷囂河亶甲居相祖乙圮于耿見書序遷庇南庚遷奄見竹書

共十四遷不止十三遷見輩試題有自契至湯八遷解自摘記之

又呂覽首時曰武王立十二年而成甲子之事唐書一行日度議引管子

家語亦云十二年今管子書無此語余案此可收入管子逸文

唐書曆志一行日度議竹書十一年庚寅周始伐商而管子及家語以

為十二年蓋通域居之歲也

道藏無管子而俞理初癸巳類稿引道藏本不知以何本誤作

道藏也俟考

二十五日晴

曉仲璋忽跡言母及弟病狀四日實因叙卿之母病也談考事之寬

夕神為之疲有狀無絕師道友道均為未合耳得兒輩書

二十六日晴

洪子彬贈牧齋初學集乃明刻者雲帆來得九弟書寄諭兒帖

二十七日晴

史竹孫來得菁衫書

二十八日晴

呂子莊來還房山訓導菁衫內弟庭萬全相識者寄諭兒帖

二十九日晴

借有學集觀之絳雲藏書而其中宋本題跋甚少既為降人而又深文曲詆似長樂老之敘歷朝恩遇固一無恥牧齋則長樂之變相耳昔人謂王覺斯人品日下書亦隨之而錢詩則有學勝於初學余以為初學詩文話得住有學詩文則話不住除聞無地以自處而可以為詩文者也凡詩文能勝人者均先以人品衡之有人品高而不能詩文者未有人品不高而能為詩文者余固哉之論如此

雜閱宋人集中題跋以攷管子無所得僅取韓元吉讀管子文抄

三月初一日晴

五姊及八弟夫婦護柩至津登舟一慟遣王福郭升及八弟之僕壽升送回命族弟佩紀於河頭迎謀俟秋冬卜葬

初二日晴

獲九弟書樂山來書云丁季篆已到灤陽

初三日晴

得州屬書二屬經古合取滄光第一允襲十一潛光十二名

初四日晴

以波羅蜜果詒晦若明甚檢書輒不能終卷也

嚴鐵橋書漢書律厤志後云漢興承秦建亥用秦顓頊厤百有二年孝武改朔建寅鄧平司馬遷唐都洛下閎等造太初厤煌煌鉅典順孔聖承天之文為萬世則而行僅百餘年莽移漢祚改用三統十許年而漢誅史詳于秦顓頊故術略宜編次次至鄧平術臚列周詳未及三統厤為信史而孟堅未載顓頊術并未載鄧平術專取三統以充篇述直莽厤志豈漢厤志哉余夙紬班每謂班氏當于王莽於自序中直言之故於王莽事詳之樂道不獨律厤志也即以十志言之惟天文為其妹昭及馬續所修餘皆固作禮樂志則紀王莽興辟雍及樂陵夷壞于王莽而以世祖事入之不知斷代為史亦不

應劭入光武於藝文志以東京或入或否攙亂與歆同一失於限斷刑法志亦並食貨志敘莽事數千言鄭樵志亦以莽興神僭而終之地理志詳紀莽曰某某溝洫志莽未施行之空語亦必詳列之儼然以莽為一朝附於漢書之中今讀班書者喜其足資攷證而不知其深乖史法也夫國既亡自注云例則莽事何嫌附注於下而於漢之大政更加詳載亦復以為煩冗者莽事愈多則漢事從略然為全書之疵〻長中少識字也班書紀莽事太多讀溪文已譏之

初五日晴

得劉獻夫書

初六日大風

仲瑋來辭行贈以洋蚨二十番無促不能具飯酒也

初七日陰 重御棉

棠三元賽風水盂為斬米小僮誤碎駭而遁去自愧不為奴僕所信蓋余從不以誤碎物呵斥僮僕帳書則禁止塗抹耳復載之書並附肴笈括復信

初八日陰 靜玉忌日風止霽

得都中書知冀北病又劇此子恐不復永年矣甚為悵悶柳賀卿來函有事求面見

初九日晴尚御棉衣

說鄂一部以無意曰之富華閣碑賀王春山來欲赴朝鮮搨碑乃廉

生所薦此君古興可謂豪矣

初十日晴

復獻夫書

開元賢相推姚宋然姚之以術余不甚取之趙彥昭劾崇遂疑

爲燕公指使之無顯跡說詣岐王不過畏文獻當國耳崇乃

以岐王陛下愛弟張說輔臣而密乘車出入王家恐爲所誤

排述說出相攸夫說之蹤跡於皇久矣而崇尚能浸潤構

讒其一地險譎至矣安得謂之賢臣也小說以死姚崇算生
張說為佳話後閱燕公集則姚碑乃奉勅撰並非私家
所請直是姚家門生故吏所提造耳燕公為明皇東宮
侍讀久相愛重即五君詠俟蘇瓌忌日改題之說亦屬誣
言許公碑亦燕公所撰以許公之賢不知之必待其五君詠
而知為文軌那燕國子均垍從賊本不宜附其傳末舊書
因均垍復附陳希烈尤謬姚諸子通饋遺宗子謀與李林
甫善計納賂鬻女婿均織家聲而姚崇孫有武功宗
轉一表不振何歟

十一日晴

會經書估以南來書請閱中有儼山分集索價十金還之偶閱經傳疑錄曰周詩有周不顯帝命不時毛曰不顯顯也不時時也集傳亦因之不字當丕丕字讀丕丕不顯不承即書之丕顯丕承注家所本也又以周宇文護母留齊貽書護曰昔在武川鎮生汝兄弟大者屬鼠次者屬兔汝身屬蛇謂此乃胡語不知後漢之有歲在龍蛇之說矣

十二日晴

買康對山集是本不易得四庫所收乃十卷本也嶺雲初來

十三日晴

吳摯甫來，興之談及馬義園遺詩，屬刻之，以終于儁之志。申刻李杜冊
估目都來，將南下，授書，余以蔣氏書委之，寄廉生書。

十四日晴

得高陽書

樓攻媿有答楊敬仲論詩解書，反復論難，頗有裨於經旨。如氓之詩，士之耽兮猶可說也，女之耽兮不可說也，楊注引俗說以女淫為大醜，此即毛傳女與士耽則傷禮義。樓駁鄭箋云士有百行，可以功過相補，至于婦人無外事，惟以貞信為節，並功過相補，則士可耽也。每疑其害教，適得一說，無與士耽

已迷自悔而及正之言蓋其初來即我謀後又以車來則非女之奔
之其言曰將者以士之耽兮故我今日猶可說也若是女之耽兮則
我不可說也如此則日詩之意又免功過相補之實教其說
甚厚狼跋之詩毛鄭均以狼興周公程氏謂無以尉狼辟歷
人者樓取蜀人楊少卿氏柯說詩人蓋以狼之跋疐比四國而
公處其中不懼此說最為得之樓攻媿者以左傳亦狼大
字所引多牽合先生在商世難拘以周禮文王以服事商不
應以禮樂皆前此業亦幾尤用服膺惜敬仲詩解不可
得也

十五日雨

閱張燕公集郭代公行狀太平公主竇懷貞譖結凶黨謀廢皇帝睿宗猶豫不決諸相皆阿諛順旨惟公廷爭不受詔及舉兵誅竇懷貞等宮城大亂睿宗步出三華門觀變諸相竄外省公獨登承天門樓躬侍睿宗閱未實兵至將欲投于樓下公親扶聖躬敢勸乃止兩唐書敘此甚略舊書云上睿宗登承天門元振躬率兵侍衛之新書云上睿宗御承天門諸相走伏外省獨元振總兵扈帝於睿宗倉皇幾欲自投之狀均諱之明皇前載甚帝處人不能上睿宗所避

今必居慶臣目在一面營兵守太平一面以兵應上皇因御承
天門觀變乃陰謀鋤賊置老父而不顧設元振不至睿宗目
擾不知明皇將何以為人何以為子也厥後以驪山講武軍
容不振坐代以壽蘇下將於之求必不以其黨附上皇為憾
明皇之不孝宜肆目蜀道受李輔國之毒也郭在太學
有人以五世未葬來謁郭舉資畀之後入殺有人馬前送狀
稱驛馬二十餘匹帛三千四百即太學請葬之士所報也此本傳
事舊書不載為何歡新書載為遺後又以蘇禝趙
彥昭相請為驗歎為有神理

十六日陰

李怡庭求段書數種頗有佳者黃玉初來談呂子旌辭赴房山任

十七日晴

舊書張說傳初說為相時元宗欲討吐蕃說密奏許其通和以息邊境元宗不從及瓜州失守王君㚟死說因獲巂州鬬羊上表獻之以申諷諭新書說密請和帝曰待王君㚟計之說出告源乾曜曰君㚟好兵以求利彼入吾言不用矣後君㚟破吐蕃於青海西說策其必敗因上巂州鬬羊帝識

其意以瓜州共守君㚟死由劉李言之則燕公同君㚟已死於挑戰闘羊是啓邊釁利導由宋李言之則燕公先燭其必敗同戰闘羊是為先事妨謀後因此此相似新書為得實矣燕公集有右羽林大將軍王公神道碑亦奉勅撰夫君㚟與燕公和戎異議而碑極稱其忠勇氣力並云所叙者老生常談和親者豎儒怯計以讓執己之謀請和戎蓋承勅而作豈刺如斯之譏挑戰碑亦非梁公之遺命稍異也燕國集有高元福碑乃力士之父更有代妓女祭元十郎文殊可笑也

十八日晴

得廉生書儒弟來酌定八弟葬期陸眉五由太倉至

曹子建集以無七步詩者為佳本然子建實有七步詩見於世說詩

云萁在竈下然豆在釜中泣本是同根生相煎何太急文選竟陵

王行狀注亦引之則古本有此詩可知又張燕公集今通行二十五卷而宋

竹君有宋刊三十卷本不知當日何以不獻之四庫宋王禹偁小畜集外

集僅存七卷為紀文達所藏蓋唐及北宋專集傳刻漸希不知永

樂輯大典時何以亦未搜羅抑館臣未及采擇耶俟日當集

暇及一二其詳具余書目附注中

十九日晴
彝秋來之蕪湖任復高偕書
二十日晴
滄兒歲入第一名潛兒第七名允襄十四名以書告九弟及鶴巢
朱子涵邀潤師一命兩兒還里展墓明日可啓
二十一日晴
兩兒回津復樂山書
二十二日晴
眉五來

二十三日晴

連中書佐南來者集津頗有所得

二十四日晴

得九弟書過晦若少談李杜南去寄宜卿及朱式如書並假二估

以肴為物色佳甚與書也作函訊仲璋

二十五日晴

料理回里寄九弟一緘並函謝鶴巢及復廉生書

二十六日晴

乘輪車回里未刻至胥莊酉刻至陀由莊至陀向西北行過趙家莊八里小楊地三里窩口七里王家莊五里至陀

五里族中澗翁僅千中秀才老健可談年六十九矣 重陽日生明年七十 乞余一聯

二十七日晴夜大風

至家祠行神主禮後於五姊八弟塋前一奠出東門至邢家墳地察穴關工

劉芝坪孝廉鎮疆來午後秦宅甥女來劉玉書工舍鍾琪來九弟之內姪也夜耿耿不寐

二十八日晴風止

已刻葬八弟夫婦於小齊家陀之北未刻葬五姊於清湖莊之東

悲傷之餘疲乏殊甚是夜仍不能寐也

二十九日雨

敬詣
祖文冬塋並至二姊塋及珊網諸處雨中疲甚午後酬叢了諸族人並次
門一遊
三十日晴
至五姊八弟墓後祭畢回明致書屋早飯不能下咽即令僕從
先發過族兄子中秀才及劉芝評兄弟輩送余歧路不覺惘
然九弟在遠送者皆族昆弟也申初到河頭寓同和客店孫小
雲來與之閑行晚即就即酣蓋連日疲乏甚矣四鼓時醒熬〻
燭以帳蚋

四月初一日晴

早車回津吳樂山回來談淮部舊事頗足醒脾午初到署

初二日晴

崔琴友來其子祥慳已入泮過晦若少談柳質卿來見寄九弟書

初三日晴

以桂花寄康生翼如久病也樂山亦病亦醫于津以書候之

初四日晴

以五音類聚寄王劭寄戴之書質卿復來晚至琴友處略談

初五日晴

得庚樂秋書並王雲舫一函午後保從書估王姓奎文堂由內所薦來無可取者買孟亭集閱之其考證金石書畫學甚淺陋宜注玉溪詩之支離詩學玉谿而劣甚竟不能望西崑之肩背何也意甚鬱鬱未二鼓即入內齋與鞠耦略談舊事也

初六日昨夜甫即枕雷聲殷然而勢頗急晨起溼雲尚油油生母忌日枯坐無俚午後與鞠耦略話屬僕輩整理書籍而臥榻上觀之有持四戚世同成詩卷來售者為鄭

杼鄭亦奇鄭容安潤祥鄭杼乃文端之父潤祥則剛烈之姪孫也中有石庵竹君覃谿蔗林諸公詩值昂還之

初七日晴

清秘又持米之帖來一珊瑚帖一復官帖快雪堂曾刻之由安儀周展轉歸傅文忠成邸定邸索價千五百金議至千金無力購之內八冊中雙鈎之極妙極肖六開中一葉也琴友南還

初八日晴

得劉獻夫書蘅林來趙梓芳自南來因仲良保送引見年六十六矣

初九日晴

弔鄧班卿母喪午後晤梓芳

前讀西唐書歎廣平之後未振今日檢顏魯公所撰宋文

貞碑之側有記云公第六子衡謫居沙州參佐戎幕河隴

失守介于吐蕃以功累拜工部郎中兼御史河西節度行

軍司馬與節度周鼎保守燉煌僅十餘歲遂有中丞常

侍之拜且命未達而吐蕃圍城兵盡矢窮為賊所陷吐

蕃素聞太尉名德曰唐天子我之舅也衡之父之舅賢相也

落魄如此豈可留乎遂贈以駝馬送還于朝大歷十二

年十一月以二百騎盡忠護歸士君子傳之乃古來所無也上
欲特加超獎且命待之于側門而舊書云衛居官貪贓流
貶又云衛最廉儉廣平風教無以存矣新書亦云衛家
險悖廣平之風衰焉張史筆之於家碑體裁迥異史
或直筆碑或曲原而衛於沙州貶後又有復奏戎首帥
游玉中丞常侍一事史胡略之不可解也世系表衛任王
檢校左散騎常侍述後亦未有超獎惑魯公所紀之為確實
可知華之子儼能與魯公交情其撰碑大書則諸孫中
亦尚有賢者史亦稍刻矣

初十日晴

得熱河電樂山病重

十一日陰

碩廷來

十二日雨

悶坐無所事事

十三日陰

擬閱太白詩忽忽一日仍未開卷也

十四日陰

得都門書楊佑寄書十餘種來
閲陸仲昭時雍古詩鏡唐詩鏡其總論以神韻爲宗情境爲主
余謂漁洋拈神韻二字以開一時風氣實濫觴於仲昭也仲昭上下
千古頗有特識学詩者不可不閲其總論也
十五日晴陰相間
丁春粟富陽支案已結
考差題澤梁無禁次辭尚體要二句詩密林生雨意得林字
姚合郡中西園詩一作許渾按原刻少監集席刻作雨氣韵
兩作雨意不知何本也

十六日晴

寄九弟及戴〻書李搏霄來晚趙寅香自山東至得菁衫書

十七日陰微雨旋止

過晦若略話湖北茶業免議趙鳳昌革職驅逐回籍李蓮之巡捕也後為撥署處（常州人）粵督後奏平和劾趙乃江督奏語亦

復嚴夫書戴〻有書至

十八日陰

得章頌民書

唐貞觀十七年趙國公無忌河間公孝恭萊國公如晦鄭國公徵梁國公元齡鄂國公敬德衛國公靖宋國公瑀褒國公志元夔國公宏基薛國公通鄖國公開山譙國公紹邳國公順德鄖國公亮陳國公君集郯國公公謹盧國公知節永興郡公世南渝國公政會莒國公儉英國公勣並胡國公叔寶圖形凌煙閣見新書秦叔寶傳按太宗襃文武之賢以得天下然羣策羣力亦一時將相之功而新舊兩書於諸將敘述均少精神舊書叔寶貞觀十二年卒新書並此節之則十二年由翼國改封胡國竟不知其為殁後為生時矣迹其改封此叔寶有子孫承襲傳皆遺漏不載殊爲疎闊程知節子處默

襲廬國公慶亮尚太宗女清河長公主授駙馬都尉左衛中郎將少子慶嗣官至右金吾將軍慶嗣子伯獻開元中右金吾大將軍新書並省去第曰子慶亮尚清河公主而已安得曰文省而事增乎惟尉遲敬德傳極為鋪敘考舊書許敬宗傳敬宗為子娶尉遲寶琳孫女新書作敬德女孫敬宗與敬德同時不應年輩參差子娶鄂公曾孫女似新書得實舊書誤衍一孫字耳多得賂遺及作寶琳父敬德傳悉為隱諸過咎太宗作威鳳賦以賜長孫無忌敬宗改曰賜敬德按鄂公未降之先為秦叔寶所破其後破世充建德及息巢之役與秦程皆同預密謀不應鄂公凌煙之名遂列於杜後房前矣

許敬宗有所抑揚而舊新兩書均沿其謬也

十九日晴陰相間

李賓臣來談得熱河電樂山〻病仍如前九弟書至卅〻復之

二十日晴夜雨

洪翰香自蕪湖來

二十一日晴

翰卿復來午飯時士周及楊蓺舫踵至

二十二日雨

寄李郁夫人書

二十三日夜雨

得康生書言翼北病危語甚酸惻秦萩林來

二十四日夜雨

與佘肥論馭僕事遇晦若後康生書連日欲踵章　作

隋書經籍攷證粗創條例旋復作輟無非心緒〻擾雜耳

內人又小病殊悶〻也

二十五日晴

秦萩林來

老子論德章失道而後德失德而後仁失仁而後義失義而

後禮此數語最有病据韓子解老篇作失道而後失德失德而

後失仁失仁而後失義失義而後失義禮並後悅並老子古本如此

刪之下之失字不可通矣

二十六日晴

陸眉五自都来得蔚廷書翰香及其兄露軒至潘子靜函告

蔣慶之書不能成交易悶甚

二十七日晴

張筱傳來談

隨受周禪遂為無耻蔚廷迴避舉兵實為義舉韋孝寬受

周累世深恩乃甘心爲堅爪牙行至朝歌察迥有變稱疾徐行又欲怒（斬）元子孰其侍迥謀速其心固已黨於楊氏矣此何待李渾之申意孝寬背周助隋之罪已無可逭破迥之後未及隋氏受禪而死列於周書轉蒙周之純臣者李穆諂堅渾亦貳布腹心卒爲宇文述陷之誅死天殆假手以正其背周之惡非不幸也當尉遲兵起韋孝寬與之合力足以救堅惜哉

二十八日晴

翰香來談

北史隋書及唐舊新兩書李密傳均不詳盡通鑑所敘較有眉

自今略輯之

蒲山公李密𬋩之曾孫也少有才略志氣雄遠輕財好士為左親侍帝見之謂宇文述曰向者左仗下黑色小兒瞻視異常勿令宿衛述乃諷密使稱病自免密遂屏人事專務讀書嘗乘黃牛讀漢書楊素遇而異之因召至家與語大悅謂子元感等曰李密識度如此汝等不及也由是元感與為深交時或侮之密曰人言當指實寧可面諛若決機兩陣之間暗嗚叱嗟使敵人震懾密不如公驅策天下賢俊各申其用公不如密豈可以階級稍崇而輕天下士大夫耶元感笑而服之

元感反召密，密適至，元感大喜，以為謀主，謂密曰：子常以濟物為己任，今其時矣，計將安出？密曰：天子出征，遠在遼外，去幽州猶隔千里，南有巨海，北有彊胡，中間一道，理極艱危。公擁兵出其不意，長驅入薊，據臨渝之險，扼其咽喉，歸路阮絕，高麗聞之，必躡其後，不過旬月，資糧皆盡，其眾不降則潰，可不戰而禽，此上計也。元感曰：關中四塞，天府之國，雖有衛文昇，不足為意。今帥眾鼓行而西，經城勿攻，直取長安，收其豪傑，撫其士民，據險而守之，天子雖還，失其根本，可徐圖也。元感曰：更言其次。密曰：簡精銳，晝夜倍道，襲取東都，以號令四方，但恐唐禕告之，先已固守若引兵攻之百日不克天下之兵四面而至非僕所知也元感曰不然今百官家口並在東都若先取之足以動其心且經城不拔何以示威公之下計乃上策也　元感至東都自謂天下響應得韋福嗣委以心膂不復專任李密福嗣每畫策皆持兩端密揣知其意謂元感曰福嗣元非同盟實懷觀望明公初起大事而姦人在側聽其是非必為所誤請斬之元感曰何至於此密退謂所親曰楚公好反而不欲勝吾屬今為虜矣李子雄勸元感速稱尊號元感以問密密曰昔陳勝自欲稱王張耳諫而被外魏武將求九錫荀彧止而見誅今者密欲正言還恐追蹤二子阿諛順意又

非密之本圖何者兵起以來雖復頻捷至於郡縣未有從者東都守禦尚彊天下救兵益至公當挺身力戰早定關中迺亟欲自尊何示人不廣也元感笑而止 元感解東都圍引兵西趨潼關宇文述等諸軍躡之至弘農宮父老遮說元感曰宮城空虛又多積粟攻之易下元感以為然留攻太守蔡王智積謂官屬曰元感聞大軍將至欲西圖關中若成其計則難克也當以計縻之使不得進不出一旬可以成擒及元感軍至城下智積登陴詈之元感怒留攻之密諫曰公今詐眾西入軍事貴速況乃追兵將至安可稽留若前不得據關退無所守

大衆一散何以自全元感不從遂攻之三日不拔乃引而西宇文述等軍追及元感大敗獨與弟積善徒步走謂積善曰我不能受人戮辱汝可殺我積善抽刀斫殺之磔尸東都市

案元感直一無賴少年法主從之為逆元感之不用密謀誠為自取滅族然亦時即用法主上策亦不能有功也由黎陽長驅入薊豈援兵不能四集乎所以元感不用密策遂謂其真可制勝入關之策唐用之以開基然唐起於隋已敝之後元感反於隋未亂之時即行中策亦無能為此非以成敗論人蓋讀史者當有遠見

二十九日晴

衛邃三來

盜亡命為人所獲送東都　考異隋書盜傳盜間行入關與元感從叔詢相隨匿於馮翊詢妻之舍尋為鄰人所告遂捕獲囚於京兆獄又云及出關外防衛漸弛又云至邯鄲盜等七人皆穿牆而遁唐書雖不云囚在京兆獄亦云出關擬盜若自關中送高陽不當與韋福嗣同行今從賈閏甫蒲山公傳及劉仁軌河洛行年記　樊子蓋鎖送福嗣盜及楊積善王仲伯等十餘人詣高陽盜與王仲伯等竊謀亡去悉使出其所齎金以示使者曰吾等死日此金並留付公幸用相瘞其餘即皆報德使者利其金許諾防禁漸弛盜請通市酒食每宴飲喧譁竟夕使者不以為意行至魏郡石梁驛飲防守者

皆醉穿牖而逸（河洛記曰左衛驛令從蒲山公傳）密呼韋福嗣曰去福嗣曰我無罪天子不過一面責我耳

按密以福嗣兩端當請元感斬之安肯呼之同去乎

（大業十二年）密之亡也往依郝孝德（考異引壺關錄不取）孝德不禮之又入王薄王薄亦不之奇也密困乏至削樹皮而食之匿於淮陽郡舍變姓名聚徒教授郡縣疑而捕之密亡去抵其妹夫雍邱令邱仲明君明不敢舍轉寄密於游俠王秀才家秀才以女妻之君明從姪懷義告其事帝令懷義自齎勅書與梁郡通守楊汪相知收捕汪遣兵圍秀才宅適值密外出由是獲免君明秀才

皆死

五月初一日晴

黃秦生來淸卿有書寄山谷淡山石刻晚陳觀虞過我鬬話頭

痛卧一時許始觧

初二日晴

午後秦生來得樂山及高陽書復樂山一函

初三日晴

洪翰香來午後得冀北幽明殊可痛惜

初四日陰

端午賜樞臣

慈聖御筆画扇合肥亦得賜二扇因有專弁謝恩附寄高陽及康

生書

初五日晴

牛李黨舊書指牛僧孺李宗閔通鑑唐紀五十九牛僧孺入相

德裕以為李逢吉排之由是牛李之怨益深則以牛指僧孺李指德

裕蓋温公之误也通鑑於長慶黨論意在執中而宋人議論

喜安靜惡生事不免袒牛李而貶衛公有極不公者試摭一二則

以為讀史眼臭

八關十六子考異曰按宰相之門何嘗無特所親愛之士數蒙引接詢訪得失否臧人物其間忠邪渾殽固亦多矣其疏遠不得意者則從而怨疾之巧立名目以相譏誚此乃古今常態非獨逢吉之門有八關十六子也舊逢吉傳以爲有求於逢吉者必先經此八人納賂無不如意亦恐未必然但逢吉之門險詖者爲多耳此皆出於李讓夷敬宗實錄據栖楚爲吏敢與王承宗爭事此乃正直之士何得爲佞邪之黨哉蓋讓夷德裕之黨而栖楚爲逢吉所善故深詆之耳按栖楚極諫敬宗實錄以爲賣直並云亢明之難皆栖楚兆之誠爲偏謬並李逢吉之護惜栖楚

雖云重其敢言亦必平時親昵始肎為之補劇亦何能因其一
節之長而遂欲出之八關之列哉並猶云善善從長也維州之罪溫
光亦曲為奇章原之胡氏云米脂四寨之棄大學類此不足論
矣牛僧孺為山南東道節度漢水溢壞襄州民居此自隄防不謹
罷為太子太師初非貶罰通鑑則曰德裕以為僧孺罪而處之牛
李與劉從諫之交通河南尹呂述言稹破報至僧孺出聲歎恨孔
目官鄭慶言從諫每得僧孺密書疏皆自焚毀時或呂鄭
希帝旨誣之並德裕奏請貶黜亦以直報怨而已鑑則以鄭慶之
言出於德裕所令不亦鍛鍊周內乎

初六日陰

得鶴巢書

五代史任圜傳稱其相明宗選辟才俊抑絕僥倖公私給足天下便之余以為任圜之負莊宗至矣圜素為莊宗所獎賞當魏王之殺郭崇韜命圜代將其軍欧史其時明宗監國圜攻康延孝於漢州旋至渭南繼岌遇害圜代總其軍薛史欧作魏王先至渭南自殺蓋为圜解令不恥接繼岌以從襲告以時事已去王宜自圖乃自伏於牀命僕夫李環縊殺之其時圜若不在軍中則王死軍必四潰圜安得代總其軍以賕以情勢推之圜必以繼岌孺子不足奉觀望不前故一任李環殺王

而園既不究繼岌被害之故全師以為己功明宗遽命為相非嘉
其全師之功嘉其殺繼岌之功也歐史於繼岌傳云繼岌西歸而
卧環縊殺之即繼以任圜從後至何其巧耶圜率征蜀之師至京師
明宗撫慰久之問圜繼岌何在圜具言繼岌死狀翻源與圜之奸
謀畢露矣繼岌雖不重駴人情無不惜死觀其處置郭崇
韜事初則不肯負心亦尚非全無識見者其在渭南浮梁雖
斷左右雖潰而任圜之軍固在何難召圜以決進止乃遽以從
龔一言倉皇就楣甘就縊死初無死中求活之一念豈情也哉
然則當日情事必任圜已受翻源之密指因追繼岌殺身以為

已功觀其蕤繼岌後並不追究從襲輩直以自殺為言罪狀
明白矣使圜當日心平莊宗以勝蜀之師擁戴繼岌與孟知祥
相結以平内難名正言順雖敗猶榮況未必敗乎計不出此姦心明宗
及判三司復以成都富饒欲運蜀財以富國欲目知祥為莊宗道
姻欲援之以不安其位也計既不成終為安重誨所忌矯制賜死聚
族而殲可謂天道不爽矣薛歐無識不能深抉其隱章以懲罰
事之不示奸邪之輩乎

初七日晴

吳渠山來致廉生書慰之並論狀孫女一紙

初八日晴

黄臣来

初九日晴

陳冠生自都回浙過此蔚廷寄李光祿傳稿

初十日晴

盛杏孫来得巢山電索肉桂

十一日雷雨

過梅若以桂寄巢山

十二日晴

致蔚廷書
十三日大雨竟夕
屋皆穿漏河水長三尺許
十四日晴
渠書徐勉傳嘗與門人夜集客有虞暠求詹事五官勉正色
答云今夕止可談風月不宜及公事故時人咸服其無私按江
蒨傳勉因蒨門客翟景為第七兒繇求蒨女婚蒨不答景
再言之乃杖景四十由此與勉有忤除散騎常侍不拜是時勉
又為子求蒨弟葺及王泰女二人並拒之葺為吏部郎坐杖曹

中翰免官泰以疾假出守乃遷散騎常侍皆勉意也王泰出謂高祖謂勉舊應居選部勉對曰舊有眼患又不悉人物高祖乃止既能修恕而能市恩風月之談不以非虞為耳不得謂之無移也

十五日晴

右北平郡縣十六錢坫及洪亮吉李兆洛說與今列之 洪与李约本一統志

平剛 錢永平府東北四百里 李同

無終 今玉田縣 今薊州治

石成 今奉天府承德縣西北 李同

俊靡 遵化東西西北

廷陵

關

賨

洌 當在遵化

徐無 遵化東 遵化西北　字 子谷口 李同山海關邊外
土垠 同 豐潤東十　白狼 奉天西北 承德西北
夕陽 闕 灤州西南　昌城 永平西南 灤州西南
驪成 撫甯 樂亭西南三十　廣成 奉天西北 承德西北
聚陽 闕　平明 闕
又閱陳澧漢書地理志水道圖說以撫甯為絫海陽為樂亭字為灤州
似校明而說龍鮮封大緩虛三水既曰闕疑又列之灤州豐潤之間蓋以
水經注諸水在鮑邱之東濡水之西也茲以水經論則濡水之西尚有素河九逗
口清水木究水北陽孤從諸水以漢志論則右北平下字縣榆水出東水經之

湮其迹矣甚矣右北平之地理水道不易條分縷晰也尚有洪頤煊及

吳卓信兩家未見

白狼在奉天承德此說最謬水經注石城川水出西南石城山東流逕石

城縣故城南北屈逕白鹿山西 顧亭林云白鹿山即白狼山也 據此知白狼在今承德府

屬之建昌一統志白狼山在縣境今名布祜圖山是也魏志田疇傳上徐無山

出盧龍歷平岡登白狼堆去柳城二百餘里以此度之平岡在今之平泉白

狼在今之建昌距當遠近道里差合而石城故縣當是漢之石城在建昌

白狼山之東北可知魏書地形志廣興下云有雞鳴山石城大柳城白狼石

城柳城相距在二百里間 李以柳城為永平大誤又以廣興為在錦縣似皆未審

十六日晴

遼西郡縣十四

且慮 永平城東 盧龍東　海陽 樂亭 灤州西南

新安平 永平城東 灤州西　柳城 錦州寧遠州西南平山營城是 永平府境

令支 永平東南 遷安西　肥如 永平 盧龍北二十

賓從徒 當在錦州　交黎 奉天西北 昌黎縣地

陽樂 永平城東 撫寧西　狐蘇 錦州府地 錦縣地

徒河 錦州府地　文成 盧龍縣境

臨渝 奉天西境 永平府屬

紫同 昌黎

十七日晴

約萯臣來話

遼東縣十八

襄平　奉天府城　遼陽州北七十

新昌　海城縣東

無慮　錦州廣甯　廣甯治

房　奉天海城　廣甯東南

候城　奉天北境　承德縣北

遼隊　海城縣地　海城西六十

遼陽　遼陽州　同

險瀆　廣甯東南

居就　遼陽州西六十里　州西南

高顯　奉天府境

安市　蓋平東北七十里　同

武次　奉天東境　承德東

平郭 蓋平地
鐵嶺東北界
文 奉天府境
望平 開原
廣寧東北一百五十

西安平 遼陽東南鴨綠江入海之所
遼陽東
番汗 朝鮮京畿道國城西北
沓氏 遼陽州境

十八日晴

潘子俊來得誼卿書晚陳序東龔厚菴商州志晚過晦若略談

漁陽郡縣十二

漁陽 密雲西南三十里 同

狐奴 順義東北二十里 三十里

雍奴 武清 武清东八

泉州 武清東南三十里 四十里

平谷 通州北 平谷縣东北十二

安樂 通州西北 順義西南

厗奚 密雲西 密雲東北

獷平 密雲西南 密雲东北

要陽 密雲東南六十里 承德府西

白檀 承德府西南 密雲縣南二十里

第二路又通州东南
渡關通州东八

滑鹽 平谷縣西北 承德府西南

漢書李廣傳孫節白檀注孟康曰白檀縣右北平渡也但臨右北平盛秋而孫節白檀則白檀當與右北平接晰洪志灤平縣白檀故城在縣山南漢要陽廢縣在縣西南魏武紀建安十二年乃塹山堙谷五百餘里經白檀歷平岡涉鮮卑庭東指柳城未至二百里虜乃知之田疇傳亦言還由軍從盧龍口越白檀之險出空虛之地其後但言出盧龍越平岡以武紀互勘白檀在盧龍口外必先經白檀而後達平岡其在灤平無疑矣

十九日晴

水經注鮑邱水篇洳水出北山，山在傂奚縣故城東南，東南流逕博陸故城北，又屈逕其城東，又屈逕其城东，世謂之平陸城，非也。漢武帝璽書封大司馬霍光為侯國，文穎曰：博，大；陸，平也。取其嘉名而無其縣，食邑北海河東。薛瓚曰：按漁陽有博陸城，謂此也，今在且居山之陽，處平陸之上，而帶川流，面據四水。文氏所謂無縣目嘉美名也。按此酈注又酈以瓚說致之疑矣。即右北平之聚陽莽之篤睦也。瓚誤右北平為漁陽，猶孟康之注白檀誤漁陽為右北平。篤睦、博陸一聲之轉，且居及聚亦二聲之轉，在且居山之陽故

名曰聚陽也

二十日晴

曉菁臣及洪氏弟兄並來與伯述在臨若坐上商議州志事宜屬

伯述先創體例

水經注以秦置右北平治洪指無終莽所謂北順也後漢治土垠晉治徐無方輿紀要無終城在玉田縣治西徐無在縣東土垠廢縣在縣西北六十里又垠城鋪在縣東十里是漢晉右北平太守治均在遵玉豐境內擬立右北平太守表漫紀於此

右北平太守表

漢 李廣

路博德

師子將 見元和姓纂　畢彤 見元和姓纂河間人 本風俗通

東漢 衡方 漢碑　郰瓊 亦見風俗通

張宇 見唐宰相世系表　又見蘇公集皓子

劉政 後漢劉虞傳

晉 劉膺 宋書武紀　宗正德後　膺生熙〻生旭孫旭孫生混始過江

韋廣 梁書韋叡傳　叡族弟愛之高祖其子机孝武太元時居襄陽

閻鼎 見世系表 曾孫 亨子 字玉鉉 安成亭侯 死劉聰之難

此河南邢岡之閻鼎與晉書閻鼎別是一人沈炳震以鼎傳不言其祖父遂為疑不知彼乃天水此乃邢岡彼字台臣此字玉鉉彼仕豫州刺史此為北平太守非一人也

前趙 楊平

後趙 陽裕 段遼北平相 石虎建武四年北平太守

前燕 孫興 雋朝 遷中山太守

楊鎔 隋高祖 唐宰相世系表 虎八代孫

秦 皇甫傑 苻堅時

二十一日晴

至海防公所

二十二日晴

二十三日夜雨雷震大王廟旗杆

二十四日晴

佟蓮溪來 漢勛由雨得九弟書 粤遞

二十五日晴
至海防公所

二十六日晴

晚得玉初書

二十七日晴

白鏡江署著趙州釆談季士周戚孫六丈午後孫小雲表兄來李搏霄復請見皆祺藏子也錢念劬太守自外國還

二十八日晴夜大雨
佟蓮遣豁復來晦若容氏晚談肩刻得廉生復書以龢輶道志一
部送伯述備考

二十九日晨霽晚陰

午後得熱河電渠山本日辰刻卒于任所其夫人先於廿二日中風去

世殊可傷也

六月初一日晴

至公所搏霄来

初二日陰

昨夜受寒自辰吐瀉交作昏卧竟日得子涵書伯行来以病未見

初三日晴

鞠耦生日以先母故謝其賓歡余亦病餘嬾茶也午後梅若约伯述来談志伊過趙梓芳父子孫淮至蔚談而散

初四日晴

伯行来談答趙氏父子睞覺頭目眩暈之至午後閱壽老所修

畿輔志欲考證陡河不得要領

初五日晴

朱伯平來與之略話約龔厚菴來商修志事得趙菁衫兩書

致呂子蓀一緘

初六日晴

得康生書過伯行午後賀居來寄元世兄書及樂山憚遣陸宣赴熱河

初七日晴

得魏大令楷儒書述樂山身後情形是日讀邸抄樂山照部

照例賜卹賞銀五百兩治喪子元桐賞員外郎夜翰香來

初八日雨

得獻夫書

初九日雨

吳肖臣曹蓋臣均來内人小病

初十日晨雨正中後又雨

伯大人周年忌至經堂一行午後返

十一日大雨

劉秀才功懋來仲彭處權館者

十二日丙 先慈忌日

十三日雨

十四日雨

周玉山來云盜風甚熾沈子眉來云常熟瞿氏藏書有出售意

十五日晴午後雨

容氏來談子眉亦過談

十六日晴

至經堂晚過梓芳文略話木瀆閔郡傑尤甚

十七日晴晚雨

伯夫人匶歸葬送至紫竹林薄暮始返 梓芳父子明日行

十八日晴

十九日晴酷熱

水勢益長午後洪魯軒壽行黄立菴工全樹成自湖南来

二十日晴

二十一日陰夜微雨一陣

肖梅若疾晚浴後覺涼

二十二日晴

病寒臥睡竟日

二十三日晴

馬植軒恩湛史竹孫均來（兩人同名也）是日作燒目鄉人勉搖之夜微

汗就愈

二十四日晴

文美來售書中有宋武曹校諸子九種大氐錄王氏雜志之說

索價甚昂手錄其校管一冊僅十餘條之說且亦淺甚又有焦里堂毛詩物名

釋稿本兩二周南衛風鄭風秦風曹風小雅鹿鳴南有嘉魚之

什周頌清廟之什以書來叔刊行否

二十五日晴

二十六日晴

過晦若

二十七日晴

晚馬楨軒又來陳二序東率遵化書辦董事至得獻夫書

二十八日晴

萬壽節　伯述承詩來談與承詩商館師　復獻夫書

閱二林居集儒釋雜糅殊無足取

二十九日晴

李怡庭寄書帖來

三十日晴　酷暑

七月初一日晴

趙再侖同年來以長沙府明保引見也即答之

初二日晴

洪翰香来

初三日晴

梅若伯述来談

初四日晴夜雨

初五日晴

蕢臣來

初六日晴　漸涼

先人忌日得嵩陽書

初七日晴

初八日雨

初九日晴

遣王福賫里寄九弟書

初十日晴

楊彝州及傅霄來復高陽書聞廉生得河南試差

十一日雨雷

黃秦生來晚過梅若一談

十二日晴

翰香來晚餞次申至並見秦生

借梅若穆堂別集閱之漕行日記於截尾幫閘律春運言之甚詳有以見河運之艱自 國初已並復河運者可以悟矣

十三日晴

元次山集有為董江夏自陳表其略云潼關失守皇輿不安四方之人無所繫命及永王承制出鎮荊南婦人童子忻奉王教

意其然者人未離心臣謂此時可繫舊臣節王初見臣謂臣可
任遂授臣江夏郡太守近日王以寇盜侵逼擁兵東下旁牒郡
縣皆言巡撫今諸道節度以為王不奉詔兵臨郡縣疑王之
識閒於朝廷臣則王所授官有兵防禦鄰郡並邑疑臣順王面
日之閒陷身無地臣本受王之命為王奉詔王所授臣之官為臣
計圖忠臣之分臣實未斷蒼黃之中死義無所江夏本自陳
而王之擁兵東下本因寇盜不意為永王代除然則永王之作冤也
即蕭為王黨況以賢人肖為之執筆詭詞類列黑白耶
此足為太白辯一佳證

十四日晴

夜遣滄兒入都應秋試，潛兒年才十七，余意不欲其速成，擬以待

來年也。寄都中諸師友書五函：高陽、澗師、鶴巢、蔚廷、蓴歸。

于艸堂石影

十五日晴
過梅若小坐遇肎堂

十六日晴 光祖忌日

得張禨伯書寄褚伯愛先生沙壺廉生二有書至以今日行也王福

由里回

十七日陰微雨

秦生厚菴来湯伯述入都

十八日晴

士周来因文蔚廷信也

毛禕黄憚氏論畫記世傳北宗以唐李思訓昭道父子為主俱極工整麗密之致由劉松年李唐馬遠夏圭輩觀之皆以肩之李遺意耶故北宗以李將軍論則可謂衣鉢相傳矣余自於目劉李夏馬為近言北宗惟仇唐仇不及唐之高秀而精工又自士氣家不是由浙則戴靜庵文進遠宗馬夏然視仇又千里矣畫之北宗之失傳然豈惟畫哉學派亦以無衣鉢致吾北人之恥也教自一二賢者振起之耳 其說見溪書

十九日晴

二十日晴

寄樂山挽聯夫婦名一副

二十一日晴

黄定侯建篘秦生及穀士同年均来穀士由河南請引入都

二十二日晴

寄吳蘭石書以秦生薦師詢其在籍否一康孝廉澤溥一孫孝廉承灝用蓮池高材生也　後日蘭石書康已下世三年孫則病兼有煙癖

渭南文集

千岩堂石影

二十三日晴

二十四日晴

于艸堂石影

二十五日晴

二十六日晴

陳養源來允頤言虎容民得伯平書

二十七日陰

過梅花秦生赴保定夜夢子儁

二十八日晴

李搏霄来晚持螯取醉醒時夜已半矣得承侍書薦常熟孫同康即今年在予幕閱而見文者余意不欲延君復之

二十九日陰

韓字統韻略成

國朝人有古兵仗攷所攷殊陋今更博徵之使與桂洪谷釋甲

相次 王肆兵仗記

盾 瞂也所以扞身蔽目 瞂 盾也 ⿸盾圭 盾握也 𢧵 盾也 櫓 大盾也

刀 兵也 剑 刀握也 鏢 刀削末銅也 珌 佩刀下飾

劒 人所帶兵也 劉 刀劍刃也 鐔 劍鼻也 鏌 鏌釾也 釾 闕 璏 劒鼻玉也

戈 平頭戟也

戣 周書侍臣執戣立于東垂 兵也

戟有枝兵也从戈𠦝周禮戟長丈六尺 戛戟也

戭長槍也

戉斧也 戚戉也 柯斧柄也

矛酋矛也建於兵車長二丈 䂆矛屬 ⿰矛害矛屬 矠矛屬 矜矛柄也

鈒鋋也 鋋小矛也 鉈短矛也 鏦矛也 錟長矛也

錞矛戟柲下銅鐏也 鐏柲下銅也

鈗侍臣所執兵也周書曰一人冕執鈗

殳以杸殊人也禮殳以積竹八觚長丈二尺建於兵車旅賁以先驅

祋殳也 杸軍中士所持殳也

矢弓弩矢也从入象鏑栝羽之形古者夷牟初作矢 栝一曰矢栝

弓 以近窮遠象形周礼六弓王弓弧弓夾弓庾弓唐弓大弓

弴畫弓也 弭弓無緣可以解轡紛者 弲角弓也 弧木弓 彄弓弩耑弦所居也

弩弓有臂者周礼四弩夾弩庾弩唐弩大弩 彈行丸也

弦弓弦也 榜所以輔弓弩 檠榜也